开学第一课

依据国家教育部和中央电视台

联合主办的《开学第一课》活动

········ "我爱你，中国！" 主题拓展原创版 ········

不放手的梦

中央电视台《开学第一课》编写组 编

时代文艺出版社

图书在版编目（CIP）数据

不放手的梦 / 中央电视台《开学第一课》编写组编.—2版.
—长春：时代文艺出版社，2016.1（2023.7重印）
（开学第一课）
ISBN 978-7-5387-4943-4

I.①不… II.①中… III.①中国文学—当代文学—作品综合集 IV.①I217.1

中国版本图书馆CIP数据核字（2015）第257193号

出 品 人　陈　琛
责任编辑　曾艳纯
装帧设计　孙　利
排版制作　隋淑凤

不放手的梦

中央电视台《开学第一课》编写组 编

出版发行 / 时代文艺出版社
地址 / 长春市福祉大路5788号　龙腾国际大厦A座15层　邮编 / 130118
总编办 / 0431-81629751　发行部 / 0431-81629755
官方微博 / weibo.com / tlapress　天猫旗舰店 / sdwycbsgf.tmall.com
印刷 / 北京市一鑫印务有限公司
开本 / 710mm×1000mm　1 / 16　字数 / 120千字　印张 / 12
版次 / 2016年1月第2版　印次 / 2023年7月第3次印刷　定价 / 36.00元

图书如有印装错误　请寄回印厂调换

敬启

　　书中某些作品因地址不详，未能与作者及时取得联系，在此深表歉意。敬请作者见到本书后，通过以下方式与我们联系，我们将按国家规定支付稿酬并赠送样书。
　　E-mail：azxz2011@yahoo.com.cn

《开学第一课》编委会

《开学第一课》的价值

有人问我，《开学第一课》的价值体现在什么地方？我认为最重要的就是全社会希望并通过我们传递出来的价值观。多元是时代进步的标志，我们尊重不同的声音和价值理念，但是作为教育部和中央电视台联手举办的一项公益活动，我们要传递的是主流的、与时俱进又符合中华文明传统的价值观。

在2008年，我们通过《开学第一课》传递了抗震精神和奥运精神；2009年正值新中国60周年华诞，我们在象征着民族精神的长城，为孩子们播撒下爱的种子；2010年，我们告诉孩子们，一个拥有梦想的民族，一个不断仰望星空的民族，就是拥有未来的民族，人生的每一个阶段都需要梦想的指引、坚持和探索，而每个人的梦想汇集起来就可能成为国家的梦想、民族的梦想。

举办《开学第一课》三年来，我个人也有一个梦想，我梦想这项目光远大、朝气蓬勃的公益活动能够坚持举办十年，让它给这一代孩子的成长提供正面的、积极向上的力量，这就是《开学第一课》的意义所在。

我希望全社会的力量汇集起来，给孩子们一种价值观的教育，中央电视台愿意承担使命，连同教育部把这项公益活动做好。我们也欢迎全社会各界积极参与、支持，从出版、纸媒、网络、志愿行动、慈善事业等各个方面，加入到这个追逐共同梦想、打造恒久价值的公益活动中来。

由此，我亦十分高兴地看到《开学第一课》系列丛书的出版，我相信时代文艺出版社正是基于我们共同的理想，以出版的力量为孩子们的未来创造了更丰富的阅读食粮，为《开学第一课》的精神理念提供了更多样的传递方式。

中央电视台 许文广

目　录

001

第四部分　在风里沐浴阳光

第五部分　就是爱的香味

第六部分　让我陶醉的"天堂"

第七部分　真正的财富

第八部分　邂逅千年的圣洁

第九部分　简单就是快乐

第十部分　感动，在不经意间

第一部分

带着爱上路

其实，生活就像一张网，交织着你，交织着我，交织着我们每个人。在这张网里，我有过迷惘，有过徘徊。在我年少的成长的道路上，曾有过这么一次无知的行为，亲手破坏了父母与儿女之间由亲情交织成的网结，甚至将它弃之很远。如今我失而复得，并真正地领悟了它的内涵。我会珍惜这份难得的缘分，将它融入我的心田，去时时感受、品味它的温馨。

这是发自我内心的悔恨，也是一支在我成长道路上，将伴我远行的最好听的歌。

——张天树《成长的心曲》

带着爱上路

刘力艳

在我很小的时候，父亲就去世了，母亲另嫁他人，我成了孤儿。幸有伯父伯母收养，我才得以安生。

伯父是农民，家里全靠伯父伯母二老种庄稼过日子，没有其他的经济收入。为了供我读书，伯父伯母舍不得给自己买一件新衣服，舍不得吃上一顿肉。

六年的小学生活转瞬即逝，我考入了县城中学。

在那繁星满天的夜晚，伯母语重心长地对我说："孩子，你继续好好读，用心去读，要争气，不管有多困难，哪怕卖牛卖猪，借钱借米，我们都会供你读。"听了这番话，除了哭，除了默默努力，我还能做什么？

开学了，住校费、生活费、资料费……一样一样向我袭来，即便有一些心理准备，可我还是觉得支撑不下去了。

不久，老师又让交校服费，每套五十元。两天里，班里的同学差不多都交了。我来的时候没想到这项支出，只有等下个星期了。周末回到家，我迫不及待地跟伯母讲了此事，以为一开口便能得到钱。没想到，伯母却要我跟老师说说，家里十分困难，请老师帮着想想办法，实在不行，下星期她再给我想办法。

星期天下午，我心不在焉地乘车返回了学校。

星期一早晨，我用写纸条的方式告诉了吴老师这件事，直接跟他讲我不知道该如何开口。课间操时吴老师找我谈话，他的每一句话都仿佛山涧清澈的流水，潺潺流进我这颗焦灼的心。

不知不觉，发校服的日子到了。看着大家的喜悦之情，我酸酸的。想不到的是，吴老师竟把一套新校服递给了我！

原来，那天放学后吴老师把走读生留下来，给他们说了我的特殊情况，号召大家为我募捐，吴老师还带头捐了款。

后来，我一次次地得到了同学们送我的书籍、文具，以及大家对我的格外关注。我不再去问来龙去脉了，我知道自己身处一个温暖的集体，是他们在默默地支持我。

伯父伯母的爱，让我坚强地活下去；同学老师的支持，让我心存感激；陌生人的帮助，让我信心百倍。身处在这样的集体中，无论成功路上遇到多少荆棘，我都会勇敢地闯过去。

（指导教师：潘江）

003

第一部分　带着爱上路

摇晃的父亲

胡 丹

小河轻摇，承载着儿时的时光；晃着晃着，晃出了记忆的长河。而父亲那佝偻的身躯也出现了……

我与父亲，即便他对我再温和，我也不会对他撒娇，感觉我们之间的关系很僵硬。

父亲是一位小学数学老师，他对我的期望很大，但我却很难接受他的教育方式。他总是时不时给我买"奥赛"书，虽然我智力不差，但我总不做。我只是不想做，不想满足他小小的需求。父亲对此只有埋怨我，说多了，我对他便积了一层怨恨。而且作为父亲，他从未辅导过我的学习。

从初中起，父亲开始真正地关注我，也时常与我开玩笑，但这也无法改变我对他的态度。

那次放学，父亲来接我，这是很稀奇的，但他却说，他是因为在附近锻炼身体顺道来接我的。我不知怎么，觉得很沮丧。后来，我才发现，父亲是骑着一辆破旧的脚踏车来的，那车布满锈迹，车轮已不灵活了。望望正在擦汗的父亲，一瞬间，我感到了一股暖意！

我跳上车后，父亲努力地骑着车。此时已是深冬了，风虽不大，但非常冷。我躲在他身后，缩成一团。

我突然想起父亲的脚。

"呦，这钟还在呢！"我知道他在说我们的校钟，我没有理他。

"这钟是你们学校新造的，不是老一中的钟。以前我在一中念书，那钟少说也有一百多年的历史。"

我从他的话语里读出了一丝自豪感，便回了一句："我们学校的钟也很旧啊！"车"吱呀吱呀"地响着，周围很安静。

"我那年念一中，发大水，校钟被洪水冲跑了，我们老师带着我和同学又给捞了回来。"我瞟到他的脸上露出了笑意，我也笑了。

突然，他显得紧张起来，原来在上坡，他很吃力。我跳下了车，我知道，他骑不上去的。父亲的脚在年轻时打篮球扭伤了，因为家境贫寒且在大山里没有及时医治，落下了病根，走路时爱晃悠。他很怕走路，一是脚痛，二是不愿意忍受别人的目光。我的眼睛湿润了！

父亲有很多才能，写得一手好毛笔字，画也画得很好，体育也很棒，却因为他的脚，丧失了一个又一个机会。我知道，父亲的身体摇晃得很厉害，但他却有一颗平稳的心，支撑着这个家，支撑着我们的心。

005

青 团

石中玉

清明节到了，我又想起了我的祖母，还有，她手里的那个青团。

青团，一种像小孩拳头大小的绿色糕团，松软的皮里包着豆沙或芝麻馅。清明节我们这里都吃青团。然而，我对青团的评价却是：青青的，不好吃。

其实，童年的我对青团并不排斥，因为它甜——要知道，孩子是不会排斥甜食的。让我喜欢上青团又讨厌青团的，是我的祖母。

从我记事起，我的祖母就七八十岁了。印象中，祖母不喜欢说话，每次到祖母家，她总是坐在摇椅上，膝上盖着厚厚的毛毯，眼神游离地盯着被撕下的日历，落落寡合。祖母最开心的时候，就是为我们这群小萝卜头分青团吃。

大约晚上六七点的样子，我们几个表兄妹就会不约而同地来到祖母床边，伸出稚嫩的小手，奶声奶气地说："祖母……祖母……糖……糖。"这时，祖母便会咧开她那缺了牙齿的嘴巴，露出久违的微笑。祖母的笑是那样的慈爱，现在我都记忆犹新。伴着我们的嬉闹，祖母慢慢吞吞地用手打开她床头的抽屉，从布袋里面拿出一些糖分给我们。我们如获珍宝，吵吵嚷嚷地互相追闹，脸上洋溢着满足的微笑。而祖母，也附和着我们，高兴得像个孩童。

一次，我和表弟去祖母家玩，玩了一会，隐约间，我听见祖母在叫我，我凑近祖母，祖母叫我把抽屉打开，我按吩咐做了，祖母用她那枯黄的手，颤巍巍地拿出了一包青团，吃力地咧开嘴，目光充满了慈爱，"吃……你吃……"。我接过青团，看着它青青的充满光泽的表皮，散发出浓郁的豆沙香气，迫不及待地咬了一大口，顿时，豆香四溢，那股青团特有的清香溢了满嘴。祖母慈爱地看着我，我一边吃，一边含糊地说："祖母……祖母……您也吃。"祖母摇了摇头说："吃……快吃……别让你弟看见……"

"哦……好……"我大口大口地吃着青团，像小鸡啄米似的点头。祖母看到我这样，又一次露出了她慈祥的笑容。

大约过了两三年，祖母走了，她走得是那样安详。祖母走的那天，天气很好，阳光依然灿烂，就像祖母的微笑。那天，办了丧事，发了青团，我一看到青团就哭了，哭得很惨。我噙着泪水，咬了一口青团，突然发觉青团好苦，真的好苦，我以为这个青团坏了，便拿起另外一个，咬了一大口，苦，还是很苦。从那以后，我就不爱吃青团了。现在的我害怕看到青团，我怕我看到青团，会不由自主地想起祖母的微笑，那永生难忘的微笑……

(指导教师：邢战斌)

桥

徐永胜

开学那天，下着小雨，我又来到了那条小河边。心不由一动，便想起了母亲。记忆里，那条弯弯曲曲的河上有一座用两块木板搭成的小桥。桥面历经风雨的冲刷，铺满了青苔。

那是一个夏天，母亲第一次带我来到那透过板缝就可窥见河水的桥边。我以为母亲会背我过河，没想到她什么话也没说，便拉着我踏上了那座摇摇晃晃的小木桥。我吓得不禁流下了眼泪，小手紧拉着母亲的手。木桥并不高，可是对于我这样一个幼小的孩童来说，是多么令人害怕。我抹去眼泪，跟着母亲，一步一步向前挪动，有几次小脚都插进了长满青苔的木板洞里，我一边在心里埋怨母亲不疼我，一边流下了眼泪，我实在是吓呆了。母亲一把把我抱在怀里，脸上露出了一丝淡淡的微笑，那微笑充满了鼓励，充满了欣慰。

上小学了，每每都要经过那座颤抖的小桥。一次，河水漫过了小桥，我不知如何是好，深深的河水使我不敢前进。我失望地抬头一看，只见母亲站在桥的另一边，脸上带着微笑，似乎是在鼓励我。可是她就是不过来背我，没有办法我只好硬着头皮踏上了那座小桥。冰凉的河水漫过了我的脚，突然我感到脚很痛，我害怕极了。但我终于胜利地到达了对岸，只是我的脚溢出了红红的鲜血。母亲心疼地帮我包好伤口，但我不能理解母亲为什么要让我自己过桥。

上了中学，母亲的头发白了许多。我的语文成绩一直不好，常常让母亲失望。一次期中测验，我的语文考得一团糟，放学后，我一个人默默地走在回家的路上，不知什么时候又来到了小桥边，昔日的河水依旧哗哗地流着，蒙蒙细雨中，两岸的花草耷拉着脑袋。回到家，母亲一眼就看出了我的心事，可是她并没有责怪我。以后的日子母亲每天给我补语文课，在她的帮助下，我的语文成绩提高了许多。我完全明白，这成绩是母亲用心血帮我换来的。

空中依旧飘着细雨，长长的柳枝迎面拂来，柔柔的。母亲的微笑依旧在我眼前闪现，我真的很高兴，我高兴母亲把朴实和顽强赋予了我，给了我无穷的力量。她是我人生长河上一座永恒的桥。

成长的心曲

张天树

　　车里，弥漫着深沉而又忧郁的空气。我坐在后排低泣着，坐在前排的爸爸抽出一张纸递给我，哽咽着说："擦擦眼泪。"这时我知道，爸爸也和我一样，一行行热泪从他的眼里，不，应该是从他的心里，流了出来。我的心先是一阵惊颤，继而是一阵冲动，我想扑在爸爸的怀里大声地哭，哭出我的悔恨，哭出我的真情，让爸爸知道那是我真实的心声。

　　离家的日子不知不觉已经有三个多月，而在这每天都充满着对家的眷念、对亲人的思念的日子里，我无时无刻不在盼望着妈妈能来看我，而对爸爸，我好像不大挂念。或许，年少而无知的我，总以为自己长大了，总觉得自己应该像大人们那样，有一份独来独往的洒脱。父母一旦干涉自己的行为，便产生了逆反意识。渐渐地，在家里我开始保持沉默。吃了饭就匆匆进房躲入自己的小天地里，避免和他们交谈时心里烦乱。有一次，因为爸爸说了我两句，我和他吵了起来，可能是我气昏了头，凶神恶煞一般，结果，在我已有十五个年轮的生命里，爸爸第一次打了我。那一刻，我发誓再不和他说话。以后的几个星期，只要他在客厅，我就去卧室，只要他和我说话，我就沉默或者是溜开。总之，在那段日子里，我和爸爸的感情开始发生着质的改变，变得莫名的冷漠。妈妈虽知道这一切，也只能唉声叹气。

　　再后来，我真的离开了家，过上了我向往的那种无拘无束的生活。慢慢的，我感到自己的想法就像童话里的纯真世界一样过于天真。我开始怀念，怀念在家时妈妈的唠叨，开始怀念自以为没有感情的爸爸。一种隐隐的亲情促使我一次次通过电话向家里遥送我的祝福，于是我知道自己还是眷念爸爸的。

　　今天，一个秋风萧瑟的日子里，我独自一人在教室里写着作业。"张天树！"一个声音传来，我本能地循声而望。"爸爸——"我迫不及待地丢下手中的笔，跑了过去。我想再喊他一声，可我已经不能，因为我的声音在哽咽，我的泪水已夺眶而出，我竭力想不让它掉下来，可事实告诉我不能，我的双肩在颤抖。同行而来的司机见了我打趣说："你哭了。"我下意识地笑笑，擦干了眼泪。可我知道，我的情感此时已如决堤的海，我已经不能再将它掩藏，我也不想将这份已压抑了一百多个夜晚的泪水继续掩饰。我已懂得我的心里，也有一种原始的血缘亲情，一种亲人之间的本能的爱心，一份普天之下最珍贵的对父母的依恋。就在这短暂的一瞬间，我明白了，明白以往和爸爸那种莫名的冷漠，是我自己造成的，其实我的心里深深地爱着爸爸，我之所以只想妈妈来看我，是不想当着爸爸的面，暴露这份真实的感情。而现在，我只想把我那带着万分悔意的泪水哭出来，我知道爸爸能懂。

其实，生活就像一张网，交织着你，交织着我，交织着我们每个人。在这张网里，我有过迷惘，有过徘徊。在我年少的成长的道路上，曾有过这么一次无知的行为，亲手破坏了父母与儿女之间由亲情交织成的网结，甚至将它弃之很远。如今我失而复得，并真正地领悟了它的内涵。我会珍惜这份难得的缘分，将它融入我的心田，去时时感受、品味它的温馨。

这是发自我内心的悔恨，也是一支在我成长道路上，将伴我远行的最好听的歌。

背 影

谢 昇

又是那熟悉的背影。它在逐渐模糊直至消失，又仿佛在逐渐清晰直至永恒……

这是我短短的住校生活中熟悉得不能再熟悉的情景。住校以来，父亲经常来学校看我，送一些必要或不必要的东西，这也许是因为他经常出差，我星期天回家他不能看到我，也许是我和他话不投机经常冷战的原因吧！进入初二以来，我的成绩老是坐不上他所希望的那把交椅，于是父亲就批评我如何地不如他那时能吃苦，说我如何只知看小说、听音乐、贪图享受。

我不愿意听，嫌他烦，也就经常冷战。再者住校了，谁的家长如果常到学校来，似乎就意味着谁就缺少独立能力，太娇气，所以他来看我，每每都受到我的冷遇。

这不，今天，暮色已降临，我也刚吃过晚饭，一边舔着油乎乎的嘴，一边和同学闲聊。穿过花园，在高大的玉兰树下，不经意间却又看见父亲那孤独的身影，他好像已经等了很长时间。父亲见到我，笑着迎了过来，而我却不耐烦地说："怎么又来了？"父亲并没有因为我的冷淡而不高兴，反而一扫脸上的倦容，兴奋地说："我刚出差回来，给你带些吃的。我怕回去赶不上公交车，就骑车过来了。"父亲似乎还想说些什么，却在看见我一脸不耐烦的瞬间匆忙地说了声："行了，看见你我就放心了，我走了。"说完就转身匆匆地向学校大门走去。

看着父亲的背影，我愣住了。父亲是何等辛苦，出差十几天刚回来，本应好好地休息，却为了给他女儿送那不必要的零食往返几十里的路，也许他出差的十几天里，每天都思念他的女儿，回来就急切地来看她；父亲又是多么的辛酸啊，怀着急切的心情来，却又受到冷遇回去！瞬间，一股莫名的冲动使我冲到楼上，打开教室的窗户，望着父亲走远的背影，他那瘦小的身躯装在那宽大的衣裤里，背微微前弓着，那难道不是被他的女儿——我，这副担子压的吗？为了让我上好的学校，他拼命地挣钱，而我……

　　在空旷的校园里，父亲的背影越来越模糊，直至消失在迷茫的暮色中。我的泪水夺眶而出，心里被酸涩和愧疚塞得满满的。不能说什么，我只能在心中重复着："爸爸，谢谢你！爸爸，对不起！"

（指导教师：王玉玲）

013

爱

佚 名

爱分为很多种，社会对我的爱，使我感激不尽，朋友对我的爱，使我感触颇深。只有母爱，使我永生难忘！

中考将至，大家都进入了临战状态，但正在这时世界杯也开幕了，使不少同学分了心。一天晚自习刚结束，我就飞快也跑回了家，连书包都懒得放了，一下坐在电视前，目不转睛地看起了比赛。比赛正进行到关键时刻，妈妈走了进来，对我说："还有几天就中考了，别看了，赶紧吃完饭回屋学习去吧！"我不耐烦地说："行了，行了，我都会了。"妈妈又说："你还是去复习吧，别等考完试再后悔。"我说："世界杯能有几次，你就让我看一会吧！"妈妈又说："那中考又有几次呢？这在人的一生中可只有一次。"我听得直心烦，忙说："你烦不烦啊，我看完您再说成吗？"说完这些话，我才意识到话说得太重了，可说出的话又不能收回来，我只是一直看着比赛，我偷偷回头一看，正好和妈妈的目光相对，我赶紧转过头，不敢再看妈妈。这时，我听见妈妈房间的门忽然关上了，我再也没有心思看电视了，真希望妈妈骂我一顿，打我一顿，可就是不要不理我呀！我也回到自己的屋里。

晚上，我一直没有入睡，静静地望着窗外的天空，想起了我得病时妈妈照顾我，下雨时妈妈给我送雨衣，陪我复习……这些情景此时好像放电影一般，在我脑海中一次次闪过，这时，我似乎明白了，妈妈为我所做的一切是为我好，她在尽全力为我创造最好的学习环境啊！可是我却不知道珍惜母亲对我的这份爱，直到现在才意识到这崇高的感情。那一晚，懊悔和自责充满了我的脑海。

第二天早晨，我看见妈妈又为我做好了早饭，我心中涌上了一种酸酸的感觉，眼泪却控制不住了，从眼角直滑下来，这个清晨，我感觉到了世界上最伟大的母爱围绕在我身边。

　　这个早晨，我永生难忘，通过这件事，我明白了母爱的伟大，以后我会更加珍惜这份世界上最伟大、最无私的母爱。

父亲的肩膀

张雅礼

在《红楼梦》里，贾宝玉说，男人是泥做的，女人是水做的。但在我看来，男人不是泥，而是山，是高大的山——因为我的父亲就有着山一样的肩膀。

小时候，我觉得父亲的肩膀是那么坚实宽阔，像大山一样耸立着。我便常常骑在父亲的肩头上嬉戏，自己好像就是从大山上长出来的一株小苗。这时候，也是父亲最开心的时候，他一边举着我，一边面露微笑，浑身似乎有使不完的劲。

幸福的家庭总是相似的，不幸的家庭却各有各的不幸。由于母亲常年多病，到了开学的时候，我不能像别的孩子那样蹦蹦跳跳去学校。面对家徒四壁的窘境，面对吵闹着要读书的我，父亲失去了往日的笑容，一夜之间苍老了许多。

到临开学的前一天晚上，父亲忽然对我说："明天你也上学去吧！"接着他像变魔术一样，从衣服的破兜里拿出了学费，脸上虽有笑容，却感觉那么勉强。泪眼模糊中，我发现父亲的肩膀已不再平直，俨然有些弯曲了。虽然并不知道钱的来历，但我深切地感受到这些钱包含着父亲对我的期望，我知道只有考出优异的成绩才是对父亲最好的回报。

由于成绩优异，学校减免了我的一部分学费，但对于全家唯一的劳力父亲来说，要支付我上学的费用，仍然是一件勉为其难的事。有几次拿到钱，我都忍不住要问问父亲的工作情况。他总是看我一眼，憨憨地说一句："别问了，好好念书吧！"说完便转身又去干活了。看着门外单薄的背影，我发现，父亲的肩膀已显得不再那么有力了。

中考前，学校放假让我们回家自由复习。回到家里，却看不到父亲的影子。久在病榻的母亲说话了："娃啊，你爹瞒着你，他一直在石场干活呢。”我奔向村外很远的石场，于是我永远记住了这一幕：上衣湿得几乎滴出水来，肩膀也被扁担磨破了，巨大的石块把扁担都压弯了，父亲却全然不顾，用肩膀挑着，一趟接着一趟……

　　现如今，父亲的肩膀早已不再坚实，不再平直，但在我眼里，父亲的肩膀仍然挺拔，巍然如那大山一样。

第一部分　带着爱上路

蓦然回首

曹景珊

不知是否因为从小受到日本漫画的影响，我对兄长总抱有一种憧憬——为人兄长该温柔、有耐心、可靠，有着渊博的学识。仿佛除了父母，兄长也应该是能让人安心依赖着、毫无保留地信任的人，能在他垂眸浅笑的时候向他撒娇。

可现实往往残忍地把我的憧憬碾成泥巴。

我的兄长比我大四岁，他和我的名字相差一字——"曹景龙"。听父亲说，我俩的名字都是爷爷起的。坦白说，我很喜欢兄长的名字，它代表了期望、尊贵和威严。从小时候起，兄长给我的印象有如锋利的针刺破我胸口的肌肤，刺到骨子里都是悲楚的痛。因为，打从我出生起，他总是集万千宠爱于一身。身边所有人，包括父母，永远都是用溺爱的目光注视着他，旁人亦经常拿我们来比较，比谁更优秀。不知从什么时候开始，我的自卑感无声无息地堆积了起来，一重重一叠叠藏在我心底。

兄长总是高傲的，好胜、寡言又坏脾气。他从没有正视过我，一直以居高临下的冷漠眼神打量我，我不过像是一个失败者，活在他的阴影之下。面对他，我只有惧怕、不安、陌生和嫉妒。我童年时，成绩不好又常闯祸惹事，他对我除了不屑和冷酷外，我真的不曾感受过他对我这个妹妹的一点关切之情。所以，小时候的我，常茫然地摸着自己的脸颊，低低地问自己：长相那么像却没有丝毫感情，我们真的是亲兄妹么？

但这个念头在他会考那年的夏天被打碎了。

那个夏天，他会考失败了，不堪的成绩把他打击至谷底，这是他始料不及的。试问，又有哪个自尊心特重的优异生，能受得起这等挫折呢？那时候的会考生，每一个都是分秒必争的，每一个会考生，都在互相争取着未来的希望，有的人更会守在学校的大门口，从晚上到清晨，半步不曾离开，等待的不过是一个面试入学的机会。

那夜，母亲打算帮他找间新学校。那夜，冷雨绵绵不绝地下着。出门前，我看见他窝在被子里，隐约有几声呜咽，他用被子盖着自己的头，可我确定他在哭。窗外的风雨声如泣如诉，悲凉地敲击着我的心，有种心酸的感觉浮起。夜色迷茫。

原来，高傲的他也是会软弱的，他也不是什么常胜将军。记忆中，我没有看过他流泪，就这么一次，就在这雨幕千叠的一夜。其实他也是人啊，为什么总以为他是无所不能的呢？

自从兄长离开了以前的学校，他对我那爱理不理、冰冷如霜的态度好像有所改变，偶尔多了一份啰嗦，又多了一份口不对心的关心。我口中依旧说着讨厌他，在朋友面前尽道他对我的不好。但愈是长大，我的心意便愈如风急雨促，点点滴滴敲着青瓦。我渐渐明了，恶言相向和冷漠的态度底下，隐藏着的是无尽的关爱。这颗种子直到我懂事才察觉到，他其实是一直爱着我这个妹妹的，只是锁在心头，融在骨子里，只是不知道该如何表达而已。

我的脑海忽然闪过一件事。

那天，下着绵绵细雨，地面很湿滑。我和兄长去了公园，我爬上了一处很高的地方，一不小心，脚一滑，掉了下来。我全身不能动弹，躺在地上，全身都流血了，随雨水染得地上一片殷红。那一刻，他跑过来，一言不发。他眼神依旧默然，却带着三分惊恐。他忙把我背了起来，赶回家去。

渐行渐远，脚步声碎。微风细雨打在我俩身上，我搂紧了他。我好像忘却了痛楚，落在肩膀上冰冷的雨水，也好像有了温度。

无可否认，小时候的我很不懂事，常口口声声说恨他。可我还记得，在以前就读的学校，有个同学批评他，批得他一文不值，直刺痛了我的心。我的眼泪不知不觉地冒出来，滑过脸颊，我哭哭啼啼地反驳那个同学。那一瞬间，才发觉，兄长在我心中占着一个重要的位置，重要得不可侵犯！因为他

019

是我的偶像，除了我，谁也不能对他妄下评论。

年年岁岁花相似，岁岁年年人不同。花开花谢，有些事可能已面目全非，然而有些事即使变化再多，我依然铭记着。那份憧憬依然埋藏在茫茫烟雨之中……

（指导教师：李绍良）

爱，是怎样炼成的

佚 名

淘气顽皮的我、老老实实的爸爸、平平凡凡的妈妈，这三个基本元素构成了一个极为普通的家庭。

在沉湎于各种言情小说中的我看来，人到中年的父母一点也不浪漫，虽然他们才四十多岁，可是早以"老头子"、"老太婆"相称，他们之间既没有紫薇与尔康的轰轰烈烈，也没有三毛与荷西的缠绵悱恻，更没有杰克与罗丝的激情悲壮，他们有的，只是平平淡淡。

有一次我问爸爸到底懂不懂什么叫"罗曼蒂克"，爸爸只是笑着说："老头子老太婆就是我们的'罗曼蒂克'。"这句话让我琢磨了好多天，最后才恍然大悟。

爱到底是什么？爸爸妈妈用他们日常琐事中所饱含的彼此的关爱和理解给出了答案。每天早晨，他们都争着起床做家务，为的是让对方多睡一会儿；每到下班时间，听到自行车响，妈妈都会条件反射似的探出窗外，看是不是爸爸回来了；拿到奖金后，都会去买一件对方中意的小物件，为的是给对方一个意外的惊喜……是的，爱不一定需要轰轰烈烈，也不一定需要缠绵悱恻，更不必生离死别。没有蓝天的深邃可以有小溪的优雅，没有原野的辽阔可以有小草的碧绿，爸妈用自己的实际行动实践着一生的承诺。

有时候我抱怨为何没有生在富豪或高干家庭，因为不甚宽裕的家庭不能满足我的种种欲望，可是现在我明白了，"爱"才是最重要的。

在我们这个普通的家庭里，"爱"无处不在。"爱"是我复习迎考的日子里桌上那杯醇醇的绿茶；"爱"是头顶骄阳站在考场外接我回家的父亲手中的遮阳伞；"爱"是为我精心准备各种食品的母亲额上的皱纹和鬓发中的白丝……

爱，到底是怎样炼成的？有人说，爱是给予和奉献炼成的；有人说，爱是无微不至的关怀炼成的；有人说，爱是默默无闻的爱心炼成的；更有人说，爱是要什么就有什么的满足炼成的……是的，世界是千变万化的，疑问是层出不穷的，答案也是丰富多彩的。

　　我要说，爱=关心+理解+信任。爱，是用心炼成的！

第二部分

一大把康乃馨

　　吕老师的"经典名言"是"路是人走出来的，题是人算出来的"。每次他一说这句话，我们总是齐声插话："我们是'女'老师教出来的！"这时，吕老师总会谦虚地摆摆手，嘿嘿地憨笑："应该的！应该的！"末了回过神来，怒眼一瞪："什么？女……女老师？"

　　我想我永远也忘不了这位"女"老师，因为他给我的印象最深。

——孟丽娟《"女"老师》

肖，您听我说

吴加杰

犹豫了很久，笔几起几落，纸一页页撕掉。

明天我就要背起书包踏上新的征程了，临行的前夜我有太多的话想说。

本来我早想说，但一直害怕言不达意，有损心中的那份"情"。我该怎么称呼您呢？语文老师？肖老师？这些似乎都不贴切。我觉得您留给我的更多的是朋友般的"亲切与真诚"，为了提倡"平等"，您甚至毫不介意我们直呼您的名字。

记忆中我与您常常没大没小，不拘礼节地"自由论谈"，我也开口便是"你怎么怎么"，在跟同学谈及您时，您的代号便成了"肖"，今天，让我仍然称您"肖"好吗？

肖，两年来您给我留下的太多太多，我真不知从何说起。

第一次见到您是在两年前，那时您办了个暑假作文辅导班，您去我们班做宣传，不知为什么，一向视玩如命的我居然会被您短短几分钟的演讲吸引了，印象中您的演讲真精彩！您那热情亲切的笑容，标准流利的普通话，信手拈来的如珠妙语，才思敏捷的侃侃而谈，特别是您活力四射的激情，在我的心里激起了阵阵波澜，时至今日仍记忆犹新。

作文辅导班里我结识了活泼、开朗、热情豪爽，满腹经纶而又谦虚认真，才华横溢却又精益求精的您——肖。

也就是从那时起，一个自认与文学无缘的我，开始迷恋上了李白的风流潇洒，苏轼的旷达豪放；热衷于杜甫的沉郁顿挫，白居易的通俗平易；有感于辛弃疾、陆游的壮志难酬、悲歌慷慨；醉心于柳永的浅斟低吟，李煜的婉转凄切……

无奈快乐的日子总是太短，短短一个月的辅导班眨眼就要结束了。那天下午，您没有讲课，而是自己掏钱买了两个大西瓜，和我们边吃边玩，也就是在那一天，我第一次当众唱了一支歌——《长大后我就成了你》。

值得庆幸的是，新学期开学，我惊喜地发现，您竟成了我们的语文老师。从那时到如今我们相处了两年，两年朝夕相处，我更深地了解了您，了解了多方面的您，原来您也有缺点。您爱气——和同学斗气，和自己怄气，甚至跟我赌气。

在三（2）班时，您带着我们如一群快乐的小鸟飞来飞去，我们都很喜欢您，甚至很宠您。但您爱生气、好发火，又好胜，且说一不二。谁若惹到您，您可能突然从阳光灿烂、春风和煦变到怒发冲冠、暴风骤雨。逢您大发雷霆时同学们多让您三分，但那次咱们赌气您却"输"了。

记得那是因交作文引起的。我因为没听清又仗着平时与您说话随意，遂在课堂上为自己辩护，不料却遭到您一顿"猛批"。"嘈嘈切切错杂弹，冰雹雨点落吾身"，实在让我领略到了"犀利"的您。我自认为是您很得宠的学生，您居然让我在同学面前颜面丢尽。哼，恨！

我被罚站了一节课。下次上课，我偶尔眼珠上拨却发现您居然连瞟都不瞟我一眼。好！"跟我赌气，奉陪到底。"于是您再上课，我再也不回答问题了，开始您对此并不以为然，我也越来越兴趣索然，上您的课连头也不抬，甚至三心二意，与以前那个积极主动、活泼开朗的我判若两人。渐渐的您不敢再等闲视之了。一次课后您邀我去谈谈，我明白您妥协了。但我没去，以至于让您"三顾茅庐"。其实我也并非不想去，只是不敢去，也不知道去了该说些什么。但最终我还是去了，一切又恢复了正常。

这次赌气，您先妥协，但同样争强好胜的我却没有丝毫获胜的喜悦，相反我觉得在您的真诚面前我输了。毕业后我一直未提及此事，不知您是否还记得。

今天我握着这重点高中的录取通知书，太多的往事在脑中浮现，总是难忘。

两年来在您的关怀引导下，我不仅语文成绩显著提高了，更重要的是对语文产生了浓厚的兴趣，而且在跌跌撞撞中，我也多了一份理智，少了一份冲动；多了一份稳重，少了一份浮躁，逐渐走向成熟。

就要说再见了，但，肖——您这位：

严厉的老师，
亲切的姐姐，
热情的girl，
将永远是我记忆中最美好的一页。

（指导教师：肖建伟）

免费的春风

傅　冰

　　自从我懂事以来，"穷"这个字就像我裤子上的补丁一样牢牢地钉在我身上。

　　自从考上县里的中学，我的窘困便越发让人难堪。

　　望着班里女生的秀发上闪耀着五彩的水晶头饰，再看着镜子里自己用一根红头绳扎起的马尾，我愤然用剪刀剪去了长发。没钱买漂亮的头饰，留着长发瞎献丑！

　　放假回到家里，父亲和母亲一脸惊愕："你不是一直喜欢留长发的吗？"可我实在说不出口。我知道父母的辛苦，炎炎夏日里，他们一天一天巴望着禾苗拔高、抽穗。打下了稻子，又全卖了供我上学。我怎么再忍心苛求他们什么？可是我真的讨厌穷啊，没有钱什么都买不起。再看看班里的同学：过生日，一人一份蛋糕；时新的杂志，一期不落；衣服也光鲜，电视上经常看到的商标总在胸前闪亮；就连交友，也总爱往有钱的同学身边凑，而自己总是被冷落在一边，边抠着衣服上的破洞边看借来的书。

　　要是这些东西都是免费的，该有多好啊！

027

　　但，这不可能。这一天，我终于爆发了。"只捐五元？"班长从眼镜上方瞥了我一眼，"捐款总额各班级要评比的，你就不能多捐一点吗？"口气中明显带着鄙视。我被深深地刺痛了，血液上涌，面颊涨红，冲着他吼道："爱心也是能用钱来衡量的吗？我三天午饭没吃才凑足这些钱，哪像你口袋里一掏就是二十元？捐得少就代表没爱心吗？"全班同学都被我吼得屏气消声。就在这时，老师走了进来，微笑着说："说得有道理，就是嗓门大了点。"我一下子不好意思起来，同学们也跟着笑了。老师继续笑着说："跟我来一下，好吗？"我心怀忐忑，但还是跟着她走了出去。

　　春日融融，校园里一片生机，柳枝迎风摇曳，柳絮随风飘舞，湖水也在微风的吹拂下荡起层层涟漪。"春色，你看见了吗？"我点点头。她笑着问我："发型换啦？要不然就可以把秀发散开让春风吹拂一下了，要知道这可是免费的呀！"我心头一怔。"其实，世上有很多东西都是免费的——才智、善心、友情、生命以及这一派美好的春光。只要你用心去体味，好好去珍惜，你就会发现它们比任何用金钱买来的东西都珍贵，你明白了吗？"

我嫣然一笑："老师，我明白了！就让我再蓄一头长发，享受这免费的春风的抚摸吧！"

康乃馨的节日

佚 名

还记得那一天，满街的康乃馨，随处都可闻到那一股淡淡的让人陶醉的香味，康乃馨的花语是感激，之所以让人陶醉，就是因为它是爱的代名词。

那天，是教师节，三年初中生活的最后一个教师节。

虽然是教师节，可因为我们第二年要中考，老师并没有休息，继续给我们补课。这一天，我们想了很多，希望能在最后一个教师节给老师一个惊喜。是的，我们买了康乃馨，买了那一束代表着我们这群孩子充满感激的心的康乃馨。我们把讲台抹得干干净净，用花瓶插上了那束康乃馨，在花瓶边上还有一张纸条和一瓶护手霜。你一定奇怪了，为什么要买护手霜，因为我们的这位老师是女的，两年多来，她的手上落满了粉笔灰，把她的那双手弄得干巴巴的。所以我们不仅想让她开心，还想让她美丽。老师就快来了，我们把门关得紧紧的，悄悄地念着要对老师说的话，心里激动得想哭。"吱……"门开了。"起立！"班长的声音。"老师，祝你教师节快乐！"那一天，这句话出奇的整齐，老师愣住了，她的眼睛睁得很大，让我们清楚地看到了她眼睛里翻滚的泪花。她轻轻地拿起了康乃馨，用鼻子闻了一下，又拿起了那张纸条和那瓶护手霜，她终于忍不住哭了，因为那张纸条上写着四个字："我们爱你"。她的眼泪又一次感染了我们，让我们也哭了，教室里一片"呜呜"声，最后，她又拿起康乃馨对我们说："谢谢。"三年来，我们没有对她说过一声谢谢，可今天她却对我们说感谢。老师啊，说谢谢的应该是我们，这群老惹您生气的学生啊。这一节课，老师和我们都体会到了彼此的那份师生的爱。我们永远记得，那天的康乃馨格外的红，因为在它里面，闪动着老师的泪花。

我们会永远记住那飘香的节日，因为那天是康乃馨的节日，因为那天充满感动……

她也很重要

周 伟

一个人总会在他的一生中遇见许多人，而对我来说，最好的莫过于遇见一位好老师了。

她姓张，有着棕褐色的短发和黑色的明亮双眼，她喜欢穿宽松舒适的T恤衫和运动裤。年纪不大，却有着历经沧桑的老练和云淡风轻的笑容，她主修钢琴。

第一次踏进她的家门，坐在她家的那台钢琴前，笨拙地弹完一支练习曲，张老师便笑容可掬地对我说："你以后就是我的学生了，我的要求可是很严格的，不准偷懒哦！"我迷茫地点点头，离开琴凳，拿着她安排的练习曲目，走出她的家门。那年，我七岁。

已经记不清是第几次，我来到她的家中，笑着坐到钢琴前，告诉她："这个星期，我每天都练两个小时以上，估计这次可以一次通过。"她也笑了，摸摸我的头说："你长大了，开始懂事了，以后还要继续努力啊！"我点点头，按下面前安静排列的琴键。这年，我十二岁。

她告诉我最基本的乐理知识；她告诉我弹奏颤音时指尖的变化；她告诉我连音要流畅而柔和；她告诉我肖邦、贝多芬的故事；她告诉我那些或是安详或是欢快的音乐所传达的美妙的意境；她告诉我，只要你不放弃，钢琴会是陪伴你一生的挚友。

她的话语陪伴着琴键的黑白两色交织成为我内心最初的音乐梦想。五年来，和张老师相处的点点滴滴，早已注定她在我心中不再是一个毫无分量的导师。她，对我，真的也很重要。

在我六岁刚开始学琴时，父母请来非常年轻也非常严厉的王老师。她总是没有耐心，几乎是吼着对我说话。我也不喜欢她，想尽办法捉弄她。一来二去，钢琴的学习自然就被弄得很僵。母亲知道后，辞去了那位老师，带我来到了张老师的面前，她的微笑和温柔伴随我度过五年的学琴时光。我感激我的母亲，更感激给予我这份温暖的张老师。

人们常说："琴童的年少时光是阴暗，是痛苦的。"可我不这么认为，因为我遇到了一个给予我阳光、给予我雨露的老师，一个对我而言无比重要的人。在十二年的人生中，有无数的过路人，而张老师，是第一位扶起在前进过程中跌倒的我的人。

她，对我，真的也很重要。

"女"老师

孟丽娟

兴趣班上，我们的数学老师姓吕，同学们都叫他"吕老师"，但有时故意加点鼻音，听起来就成了"女"老师。

第一次听学生这样叫时，吕老师脸一沉，胸一挺，严肃地说："什么'女老师'！我是男的。属鸡，是公鸡！"看看吕老师细长的脖子上顶着一颗又大又方、发卷如鬃的脑袋，我们禁不住直点头："对，是公鸡！"

吕老师课下很随和，喜欢和大家开玩笑，但上课时却极其认真，十分严格。用一句话说就是："真够狠的！"

吕老师直挺的鼻子上架着一副金丝眼镜，还有一对大大的顺风耳。这耳朵可神奇了，上课我们一做小动作，正在黑板上奋笔疾书的他就会有所觉察地转过身来，准确地找到肇事者，瞪起眼睛死盯着对方，直到让对方低下头，红了脸，没话说了才继续写。

他常挂在嘴边的话是："一个小数点错了，可以让卫星掉下来，让大楼垮下来，让一套电脑操作系统停下来！如果你们父母的遗传基因编码在组合时稍微错一点，你们从内到外都说不准会成了什么。一个小数点也是非常重要的啊！"

有一次，吕老师又在课堂上大谈他的"小数点论"。几个在前几天的考试中忘了点小数点的男生便故意弯下腰，趴到座位下面，满世界找起东西来。

吕老师诧异地问："你们在找什么？"几个男生抬起头，齐声回答："报告'女'司令，我们正在找小数点。"吕老师听后，怒也不是，笑也不是，那个表情足足撑了一堂课。这一堂课因为吕老师的脸型出了问题，大家也笑了一堂课，而且持续到了下课。更夸张的是，有人笑出了眼泪，有人激动得直拍打桌子。

吕老师的"经典名言"是"路是人走出来的，题是人算出来的"。每次他一说这句话，我们总是齐声插话："我们是'女'老师教出来的！"这时，吕老师总会谦虚地摆摆手，嘿嘿地憨笑："应该的！应该的！"末了回过神来，怒眼一瞪："什么？女……女老师？"

我想我永远也忘不了这位"女"老师，因为他给我的印象最深。

（指导教师：刘春文）

师 娘

刘 研

那天，我照常去学琴。老师那双柔软而修长的手在黑白分明的琴键上划出漂亮的弧线，身体也随之忘我地摆动。我们看得出了神，从心底默默地钦慕着老师。他的高超琴技，他的循循善诱，他帅气的脸散发出的艺术光芒，在我们心中凝聚成一个英雄的形象。

"咚咚！"我跑去开了门，一位身材瘦小的女人穿着沾了些油污又略显肥大的棉衣站在门外。我好奇地打量她：皮肤粗糙，头发很随意地用黑色皮筋扎在脑后，还有几缕挣脱了束缚，随意地垂在她略显苍白的脸侧。

"你找谁？"我不太客气地问道。

"我找……"

她话未说完，老师已奔至门口，一脸的惊喜，眼里满是温柔："你怎么来了？"

"家里的事忙完了，顺便来看看有啥要帮忙的。"

"你呀，就是闲不住！"

听着这对话，我脑子里打出一个大大的问号——她是谁呀？

快放学了，她居然迫不及待地搬起老师的琴，将它装好，再小心翼翼拉好拉链。哦！她的双手！那是怎样的一双手？丝毫没有女人的手应有的光泽和饱满，而是干巴巴得像裂开的黄土地，又干燥得像皱缩了的核桃，几个关节突兀地暴出来，如此丑陋而招摇！厌恶之情不自觉地从我心底涌出。她一刻也不闲着，又是弓下腰扫地，又是忙着收拾电线，一丝不苟。哦，原来她是校工。

终于放学啦！我习惯性地转身准备和老师道别，却看到夕阳下，老师和那个"校工"手牵手悠闲地走着。老师那洁白修长的手竟紧握着那双粗糙不堪的手！

我被伤害了！她，那个丑女人，竟是我的师娘！是我优雅完美的老师的妻子！难道师娘不应该是我们想象了无数遍的恬静典雅的女神吗？哼，我讨厌那个师娘！又到了学琴的日子。我们料想她会来，便故意将零食包装袋、碎纸片什么的，能扔的都往地上扔，甚至趁下课找来了细沙，不均匀地铺在地面上。

她果然来了，还是上次那身装扮。刚进门，她惊异地望了一下地面，可随后她二话不说就去拿扫帚，神色平静而自然。我的目光再次被她那双可能因过度劳累而苍老的手吸引。只见血管一根根突起，像藤蔓一般在她手上攀爬开来……不一会，琴行又洁净如初了。

过了一周，又到了学琴的时间。爸爸有急事，让我自己去琴行。路上风很大，吹得我睁不开眼。

总算到了，可我没有像往常一样还没进门就听见老师悦耳的琴声。倒是看见那个师娘站在寒风中，拢着双手，缩着肩膀，随时会被风吹走的样子。见了我，她三步并作两步上前把我拉进琴行，一边用她那双粗糙但却温暖的手搓着我冻僵的小手，一边说："我给你家打了好几个电话，也没人接。怕你们来了进不了门，就早早地等在这了。"她喘了口气，接着说："你们老师出差了，下周就回来。还有几位同学没通知到。你先练琴，这周的作业是……"她从包里取出一个记事本，"是《祝你幸福》。你们老师说这是首比较难的曲子，可不能放松练习！"然后，她等来了每一位学员并分别给他们布置了作业。

天竟下起大雨，其他同学都被家长接走了。我望着窗外的大雨，正犹豫着该怎么回去时，师娘走进了教室。她鼻子冻得通红，温和地将我抱上她的自行车后座，又将琴行里唯一的雨衣认真地给我穿好，说："坐稳了，我送你回家。"

她的手暴露在空气中，被雨水打湿。它们努力地握住车头，关节都发白了。逆风中，她一口一口喘着粗气，吃力地蹬着，蹬着。

望着她的手，我联想到了老师精致的手。他们其实很和谐。老师用双手演奏动听的音符，师娘用双手演奏生活的篇章！正是她这双粗糙的手，为老师的音乐事业坚强地撑起一片天！大街上人影稀疏，泥土的清香在湿润的空气中弥漫开来，我不禁抱紧了她。

现在我长大了，虽不知道老师和师娘身处何方，可是每当天空下起雨，一股温情就伴着泥土的清香暖遍我全身。哦，师娘，你还好吗？我一直都在祝福你。

（指导教师：唐江云）

在那青春叛逆的日子里

袁双霞

新学期开始了，我们风趣幽默却管不住学生的数学老师挥泪和我们作别，取而代之的是一个很土气的老头。平心而论，老头的课讲得不错，很难懂的问题，他三言两语就能解释清楚。可他从不说一句笑话，课堂气氛郁闷得令人窒息，于是大家都叫他"老闷"。另外，更让我们不能忍受的是"老闷"的刻薄，只要有人回答不出问题，他便极尽讽刺挖苦之能，令人恨不得找地缝钻进去。

有一次，他让我背一个定理，我背错了，他居然拿教鞭指着我说："你看人家袁双霞，自己开创了一个'袁氏定理'。"全班哄堂大笑。我的眼泪不争气地落了下来，他却继续拉长语调说："别哭，莫斯科不相信眼泪。"那一刻，我恨透了他。

那以后，我几乎是带着仇恨学数学。我发誓，一定要让他看看，我没那么无能、可笑，更不是只会哭鼻子的小女生。我疯了一般学数学，所有的课余时间，都用在那些曾让我头疼的定理公式上。期中考试，我的数学成绩是全年级唯一的满分。

我买了一大袋糖果发给同学们，站在凳子上，高举着试卷，大声说："同学们，我要让'老闷'看看，我的眼泪不是流给莫斯科的。'老闷'，他可以打击我的心灵，但打不倒我的精神。"同学们边笑边鼓掌，但突然，都蹑手蹑脚地缩回了自己的位置，教室里一下子静了下来。

我转身，看到"老闷"严肃地站在我旁边，不觉腿一软，"咕咚"一声掉下凳子。"老闷"看着我的糖果，居然很开心的样子："是该请客啊，这次你拿了全年级唯一的满分。"说着笑嘻嘻地挑了块糖，当众剥开放进嘴里，对安静的我们说："下次，谁考到袁双霞这么好，我请客！"说完，他背着手，哼着小曲出去了。我的心却越发沉重，"老闷"葫芦里卖的什么药?

那段日子，我不敢看"老闷"一眼，因为，我料定他会找机会报复我，默默做好了承受一切的准备。"老闷"却备课、上课、批评同学，一切都外甥打灯笼——照旧（舅）。但我的数学成绩却急剧地下滑。

一次，"老闷"提了个问题，同学们一起回答了，"老闷"却愣愣地说："声音再大点，我听不清。"同学们愣了，声音这么大，怎么可能听不清？但还是大声重复了一遍。"老闷"说："有件事告诉大家一下，医生说我由于上火，引起了间歇性耳聋，所以，我的耳朵常听不清，希望大家回答尽量大声点。"那一刻，我如释重负，难怪他没有采取任何行动，原来他没听见我的那段"精彩演讲"。

当窗外的小白杨出落得青翠欲滴亭亭玉立时，我们迎来了期末考。因为"老闷"的严厉与挖苦，我们班打了一个漂亮仗。这成绩让我们理解了"老闷"：那样松散的一个班，如果不够严厉，怎能半年多就快速转变？

放假时，"老闷"笑着和我们说再见，我们大声地和他说再见。这时，"老闷"的一句话让大家的目光都投向了我。"老闷"说："拜托大家，我这个耳朵再也受不了这么大声了。"然后，"老闷"居然孩子似的对我做了个鬼脸。

我的笑容傻傻地凝固在脸上。一个老师，在一个孩子叛逆的青春里，为了她的前途，压抑火气，牺牲自尊，用宽容和谎言为她编织了一个成长的摇篮。

"'老闷'，我……"大家的嘴巴张成了O型，像望着外星人一样望着我——我居然有口无心地喊出了老师的绰号！"老闷"哈哈大笑："没关系，我有间歇性耳聋，没听清。"我害羞地擦去泪水，顾不上为自己的口误解释什么，用清晰的声音盖过同学们善意的嘲笑，大声说："老师，我永远是您的学生。"

种下一个梦想

张　浩

他来的第一天，我没有在学校，我那会儿正忙着和隔壁家的二牛、小虎玩陀螺、滚铁环和玩玻璃珠子。上课？有什么要紧的！反正混到初中毕业，还是跟我爸一样背起行囊走四方。

傍晚时分，他找到我家。见到他的一刹那，我目瞪口呆：他的打扮不是我见惯了的肮脏的布鞋、高卷的裤脚和邋遢的外套，而是干净熨帖的白色衬衫、青灰色的笔挺长裤，方头的黑色皮鞋油光可鉴。我一下子就对这个人有了好感。

我以为他要跟我爸妈告状，他却说："来，陪老师随便走走吧！"我领着他在村里乱逛，好奇的村人不住跟我打听："这是谁呀？你家亲戚？""我老师。"说这话时，我有点自豪，他是个体面人。

到了村口，我到底憋不住了，问他："老师，你来找我，就是要我陪陪你？你要批评我就说吧！"我表现出一副死猪不怕开水烫的样子。他笑笑，在小河边坐下，顺手捡了块小石子，往对岸扔，"嗖"的一声就过了河。他拍拍手上的泥土，说："这条河，真小啊！""是很小！"我随口应着。

他转头看我："知道中国最大的河流吗？"这个容易！"长江。"我说，有点得意，这样子就想难倒我？差远了！

"你见过真正的长江吗？"他继续问。我沉默了。

"苏轼曾经写过一首词，'大江东去，浪淘尽，千古风流人物'，长江是非常宏伟的一条大河。"他顿了顿，把手里卷着的一张纸摊开，原来是一张地图！他指着"大雄鸡"说："我们的祖国博大辽阔，北京的八达岭、西藏的布达拉宫、桂林的山水、苏州的园林……而在祖国之外，还有一个更广阔的世界，美国的自由女神、埃及的金字塔……"在他动情的讲述中，豁然之间有一扇明亮的窗户在我狭小的生活空间里洞开，我看见了远方更多更美好的事物!

很多时候，成长仿佛是一瞬间的事情，对于我就是如此。我的人生目标在那番话之后树立了。

当我们回过头看自己的成长历程时，一定都会有这样一位用心良苦的老师，为我们默默种下一颗梦想的种子。

（指导教师：侯守斌）

第三部分

朝阳如歌的日子

大头被激怒了，他快速晃过了几个前腰，却又在禁区外被挡了回去，只见大头拼命回防，得球后直奔我方后场，闪转腾挪溜到底线边缘。这时，我看到他那双睁得特大的小眼睛放射出一种异样的光，我与他在目光交接的一刹那，感到有一股力量支撑着他。那是一种对足球的狂热、不服输的劲头。我好像被那力量锁定了，竟一动不动地站在那里。"喂，你站着干什么？"队长呵斥我。我猛然清醒。谁知，大头一脚大力抽射，球绕过我进了。而大头却依然很冷静，好像一位运筹帷幄的将军，又像一个身经百战的士兵。

看来"软脚"并不软！

——黄孚劼《嗨，软脚》

最难扫的地

朱雨桐

我们班有一块最难扫的地，那块地就是班上人人皆知的"猪窝"。

班级里有一名后进生叫杨志，坐在最后一排的角落里。他长得很高很胖，挺丑的，人也格外沉默，整天不言不语的，衣服也是脏兮兮、皱巴巴的。他的座位更是一团糟，不管是书桌里还是脚下，都是乱七八糟的纸屑。同学们都不愿意和他一个座位，下课的时候也没人和他玩，他最多的时候是看着窗外发呆，所以同学们都喊他"傻大个儿"。

记得有一次班级里的大美人韩璐值日，扫到他那儿，却掩着鼻子绕开了。老师说："韩璐，后面那还没有扫干净呢，你是团员，应该起带头作用。"韩璐觉得很委屈，都是"傻大个儿"害她挨老师训，便回头恶狠狠地瞪了他一眼，悄声说："你爸爸是收破烂的，你也是收破烂的啊？那么脏，污染环境。"周围听见这话的同学都哈哈大笑起来，还有同学起哄说："就是，就是猪窝。"

杨志苦笑了一下，脸红红的埋下身子，吃力地弓着腰，去捡那些纸屑。由于他身形太大又肥胖，挤在窄小的课桌空里，纸片没有捡完，早已经满头大汗了，从那以后，同学们都习惯性地把扫把递给他，让他自己收拾自己的位置。

没过几天，轮到我值日了，看着他充满不安的样子去捡拾那些碎纸屑，我对他说："还是我来吧，你太高了，弯腰不容易。"说着我便很快从他的书桌下扫出了所有的垃圾，他怔了一下，接着傻乎乎地笑了。

谁也不知道啥原因，从那一天之后，他的座位开始干净起来，最不可思议的是，学习成绩也进步很快。期末考试的时候，他居然坐到了班级前五名的宝座上。老师给他颁奖时，他转过头看了我一下，说："我想谢谢朱雨桐同学，她在值日的时候，没有像有些同学那样取笑我，讥讽我，我想如果我再努力一些，就会有许多同学和我玩，对我好了。"

　　我怎么也没想到，我只是那么一个小小的无意的举动，就扫干净了班里那块最难扫的地。

（指导教师：李双芝）

她深深地留在我的记忆中

朱亚茹

寒流冷却不了我的热爱，喧哗掩盖不了我的心声，黑夜遮蔽不了我的深情，我真的好想她！多少盼望，几许祝愿，在这蓝天之下唤起我深藏的记忆：追溯那以往朝夕相处的她。

她十一二岁，是我们班上的"小不点"。小小的嘴儿笔直的鼻，细细的眉毛发亮的眼，红红的脸儿醉人的喉，在我的记忆中，她是一个可爱快乐的"小天使"。

她很爱唱歌，也唱得很好，我们都称她为"天王女歌星"。热闹或沉寂的教室，常有她那甜美悦耳的歌声在飘荡。永远也忘不了她教我们唱《让我们荡起双桨》这首歌的情景：她蹦蹦跳跳地走到了讲台上，脸上带着小孩子纯真的稚气。大家目不转睛地注视着她：她穿着一件雪白绣黑边的毛衣，一条黑色的长裤，昂着头、挺着胸，背着手、带着笑，一副小老师的神气。"让我们荡起双桨，小船儿推开波浪，预备——唱——"可爱的她开始领唱了，那婉转悠扬的歌声顿时在沉寂的教室里回旋。同学们好似躺在阳光下享受温暖的小草，心儿随着那歌声在空中飘荡。每个同学都被她的音色陶醉了，沉浸在那优美的旋律中，全然忘记了我们自己的任务。直到她停下来，撅着小嘴向我们表示抗议，我们才如梦初醒，赶紧跟着她荡起双桨推开波浪前进！

早自习课上，书声琅琅，同学们都在认真背诵昨天刚学过的课文，只有一向淘气的她偷偷钻进了《故事大王》的天地里。瞧她那专注的样子，俨然也成了故事王国里的一员。突然，一个高大的身影出现在了教室里，同学们抬头一看，呦！原来是班主任"视察前线"来了。于是，读书声更加高亢有力了。感觉敏锐的她听出了教室里声音的变化，赶紧丛书桌里抽出语文书压在故事书上，随即掀开一页，大声读道："学而时习之，不亦乐乎……"毕竟歌唱得妙，读书的声音也很动听，有节奏有韵律。老师径直走到她面前，扫了一眼桌上摊着的课本，笑着问："读第八课怎么翻到二十七课呢？"毕竟"做贼心虚"，她一下子满脸通红："我……我在背诵。""是吗？"老师拿起她桌上的语文课本，顺手把《故事大王》也拿了过去。这下她可急了，二话不说，一把就从老师手中把书抢了去，飞快地塞进书桌，用渴求的眼神注视着老师说："李老师，我……我下次不敢了，原谅我，书是少玲的，不要没收，不然她以后就不肯借我了。我保证下次不在课堂上看课外书了，要好好学习天天向上。"同学们都被她的神态和话语逗乐了，老师也笑了，没有再深究，只是让她写了保证书。以后她真的很少在自习课上看课外书了。

因她很讨人喜欢，同学们常跟她开玩笑。她不服气，"勇敢"地和"来犯之敌"作战，赢了，就会哈哈大笑；要是斗不过就会"哇"地哭了，可她从不记仇，一会儿就雨过天晴了。

时间如白驹过隙一般，可惜她未上完初一就转学了。一时，那活泼的笑声也似乎随她飘去，教室里变得沉寂了许多。思念她时，同学们总会不约而同地唱起《让我们荡起双桨》，也许是想从歌声中追忆些什么吧？

春光依旧，可爱的"小天使"，你在"他乡"还好吗？

我眼中的男生

李帼卿

男生给人的第一印象往往是顽皮！大体来讲，男生安安静静地坐在位置上的比较少。在学校里，下课铃声大概是男生最盼望的吧，憋了一节课的话，双手被迫放在桌子上而不能在抽屉里干别的，听着老师上课，盯着手表等待着时针和分针下课的目标。男生心里早已在倒计时，"10、9、8、7……"随着那悦耳的铃声响起，男生们长长地舒了一口气！没等老师喊完"下课"，他们抱着篮球的、踢着足球的……一窝蜂地涌出了教室。上节课"结下的仇"得在这会儿"报"，上节课没下完的棋得在这会儿来个一局定胜负。顿时，教室被男生控制了。打的打，闹的闹，一直到了上课，才红着眼睛，散着衣服，从外面匆匆忙忙赶回来，喘着粗气，大口大口地灌水，接着又得忍耐漫长的四十五分钟。

捉弄人是男生们的拿手好戏，他会不知不觉地在你背后贴上一张画了猪头的纸条，让你在大庭广众之下把脸丢尽。当你发现时，憋着一肚子的火，却没地方撒。看着你脸都气绿了的样子，那个男生一定钻在抽屉里，捂着嘴巴笑。男生总能弄到稀奇古怪的东西，比如"蟑螂"。这可不是真的蟑螂，而是塑料做成的假蟑螂，但它的外形、颜色与真的蟑螂一模一样。说到这儿，大家一定又想到他们那个屡试不爽的整人方法。没错，把"蟑螂"放在一个胆小的女生抽屉里或者是她的食物里面，然后故作镇定状，等待着"好戏开场"。一切都在计划之中，那位女生从外面回来，双手伸进抽屉，摸到一个软软的，还带有触角的东西，她好奇地拿了出来，仔细一看，发出一声刺耳的尖叫声。全班的目光转向这里。胆小的会哭，而胆大的则会把蟑螂扔在地上狠狠地踩上几脚，并声言不抓出这个人誓不罢休。有的捉弄者听着有些心虚，可有的不一样，反正豁出去了还怕什么，先笑够了再说。男生的顽皮往往令老师、家长头痛甚至没辙。不过男生们，你们确实要收敛收敛，否则你们就是点燃炸药的导火索。

男生的心态较好，他们从不在意老师的批评。当他砸坏了玻璃、折断了扫把柄或是没戴校牌扣了班级的分数时，总免不了惹来老师的絮絮叨叨。也许老师会当着全班同学的面批评某男是个"灾星"，也许会让他写一份八百字的检讨书，也许会让他从第一单元开始抄英语单词，教到哪里抄到哪里。而此时的男生一点儿也不害怕，反而为自己的"伟大壮举"感到自豪。被老师批评了之后，男生低着头站在老师面前，一脸诚恳又带着哭腔对老师说："对不起，老师，我知道错了。"而这时老师也会软下心来，让他回去。他慢慢吞吞地走出办公室，一旦脱离了老师的视线，便露出"庐山真面目"，嬉皮笑脸地哼着歌，又飞奔到操场。可若真的说到了男生的痛处，他们则会一触即发，拍案而起，不管在面前的是谁，都会吼叫着，眼泪直流，并且会含糊不清地说着："你可以随便说我，但就是不能说这个事情。"说完，他扭头就跑，留下一堆看热闹的同学和那个不幸的批评者。于是在之后的几天里，无论你怎么连哄带骗，他始终保持沉默，这时你才知道男生的脾气有多大！

男生比较拖拉，老师今天布置的作业，他总是明天到学校里补。

男生比较好强，和人打赌的事情就一定得做到。

……

赌 王

纪大任

　　他，一个活泼的男生。他的爱好很多，喜欢打篮球，也喜欢游泳，而最喜欢的是打赌，人称"赌王"。

　　瞧，他唱着歌朝教室走来了。到座位上将书包一扔，就和邻桌的同学说："喂，你昨晚看电视了吗？""没有。"邻桌同学一边看书一边回答。"《飞行器史话》，真带劲！你知道吗？飞行器首先在前苏联出现。""不，不是的，应该在美国。"他俩争了起来。此刻，他脸部的毛细血管开始充血，脖子也变粗了："好，咱们来打个赌，谁输了谁钻桌子！"

　　就这样，他出口闭口总少不了个"赌"字。

　　上个月的一天，两个外来的小偷大白天作案时，被他一眼看见。

　　这时，周围没有人——胡同里的人大概都上班去了。他唱着歌若无其事地向前走。小偷听到歌声，寻声望去，见是一个小孩，仍继续作案——企图偷走一辆摩托车。哎呀，咋办？大喊捉贼吧，那不是等于通知小偷快跑？再说，周围也没见一个人影，谁来抓贼呢？弄不好，自己还要挨小偷的拳打脚踢。可是绝对不能让小偷跑掉。

　　大概喜欢打赌的人大都胆大。这时，赌王大大咧咧地走了上去。

　　"喂，哥们儿，过来一下。"他小声地向小偷打招呼。

　　两个"梁上君子"见有人叫，便停了下来："小家伙，有什么事儿？"

　　"我说哥们儿，你们才学徒吧，这条胡同别的兄弟早光临过，没啥好货。那辆破烂车只配卖废铁，能值几个铜板？我带你们去一个地方，咱们合作，保证你们开心。"两个小偷对视了一会儿。"怎么，不相信？我跟你们打赌，如果说假，随哥们儿处置。"小偷见他说得活灵活现，又看见他穿得花里胡哨的，像是一路人，便尾随着他走。

　　他们来到另一条胡同。赌王指着前面一家说："三楼这一家最富，做生意的。钱放在一只小皮箱里，皮箱放在床底下。我心里早就有谱。快进去，我下去给你们看着。"小偷听说，喜出望外，便都上去了，同时反复交代"赌王"不得走远。过了一会，只听："抓小偷呀！快来抓小偷！"楼内的人们闻声赶来，追上去抓住了正要翻墙而逃的两个坏蛋。

打那以后，他更喜欢跟人打赌了。有同学问他："你怎么领小偷去偷东西？难道被偷的人家不跟你急？""那是我自己的家，不信，咱们打一赌！"

你看，又是"赌"。

快乐的三人世界

王 妍

"品"字组合

在那一大群人中，有三朵"金花"，会令你不得不注意。

唔，西南面那位穿着红色休闲装的，此刻正文静地捧着本书，坐在一边，细细地品味着，就像与世隔绝一样，万物不在其"眼中"。东南角上的那一位，身着天蓝牛仔服，像一个活动性极强的"原子"，忽东忽西，忽南忽北，哪儿人最多，就往哪儿去。还有东北面那位，身着紫色西服，坐在那儿一动不动，双手托着腮，望着无边的苍穹，熟人准会猜到，她又在思索什么人生哲理了。她们——本校的"品"字三人组合。教室里，"红"坐在最前面，"蓝"、"紫"分列其左右。说来也怪，走路也成"品"字形，可谓校园一景。

"三家"会集

"品"字组合中，还真可谓人才济济。不信，说给你听听。

"红"，小草文学社社长，小有名气的"校园小作家"。那一篇篇变成铅字的佳作，令"群芳"失色，"须眉"汗颜。"红"曾夸下海口：做中国第一位诺贝尔文学奖得主。因为有志气，被称为"希望作家"。

"蓝"呢，人际关系了得。开口一个"哥们儿"，闭口一个"姐们儿"，人到哪儿，"民心"便向哪儿。其人还信誓旦旦：十年后，竞选美国加州州长。如若不成，那就帮别人拉选票。也许因为"蓝"有这样的"野心"，同学们便封其为"咋咋呼呼活动家"。

那"紫"呢，周身满是"哲学细胞"。你听："流星是为寻求生命的永恒，而来到那本不是其轨迹的轨迹，超脱了瞬间的永恒……"诸如此类的深奥"哲理"，让人如坠云里雾中。也不知是誉是贬，她因而被称为"雏形哲学家"。

忧乐年华

经过几个月的拼搏，期中考试终于落下帷幕。成绩揭晓，"品"字组合顿时乌云密布。看那阵势，八成有暴雨什么的。也难怪，这种组合怎么敌得过天天琢磨应付考试的机器们。

不一会儿，"蓝"走上讲台："女士们，先生们，注意啦！据可靠消息，'希望作家'即日进京，领取2008年'圣陶杯'文学奖。"话音刚落，教室里掌声雷动。那来势凶猛的暴雨戛然而止，"品"字组合又被明媚阳光拥抱着……

嗨，软脚

黄孚劼

姓名：何大头；绰号：软脚（因踢足球脚力不怎么好，又因临门一脚欠佳，故封此号）；身高：1.75米；体重：60公斤；嗜好：踢足球；长相：一颗硕大的脑袋，头发乌黑，两条细眉弯似新月，一双聚光小眼因长时间微笑变成两条缝；最常说的一句话："足球——我的最爱。"

这便是大头的小档案。别小看他这副尊容，一谈起足球，就滔滔不绝，口若悬河。他是英国曼联队的球迷："切尔西队这么弱小的球队你还在支持啊？加入曼联的阵营中吧！"如果我们胆敢当他面揭曼联的短，大头就挑起两条新月眉，脸涨得通红，和你舌战到底，哪怕到最后两败俱伤。

让我真正感觉到他对足球的狂热是在一场球赛中。

"喂，传过来，你快一点呀！""等一下咯，我能带过去的。"砰一脚，球被铲了。一看何大头那痛苦的样子，就知道他脚下的球丢了。来来往往好几次后，他似乎被激怒了，一次次冲到后场将球截回来，又一遍遍在前场被人包夹给断了回去。"你们快点跟上呀！后卫在干什么，防住！防住！""守门员！守住！"怒吼变成了咆哮，宛若只有他在激烈地拼争。但球还是很从容地滚进了球门。

大头停止了跑动，弯下腰来用膝盖支撑着双手，大口大口地喘着气，双眼仍直勾勾地盯着足球。他渐渐缓了过来，指了指足球，又指了指门将，接着将手向着反方向移动，最后定格在了我方的球门。"挑衅啊？你来呀，谁怕你这软脚。"队长刺激大头。

大头被激怒了，他快速晃过了几个前腰，却又在禁区外被挡了回去，只见大头拼命回防，得球后直奔我方后场，闪转腾挪溜到底线边缘。这时，我看到他那双睁得特大的小眼睛放射出一种异样的光，我与他在目光交接的一刹那，感到有一股力量支撑着他。那是一种对足球的狂热、不服输的劲头。

我好像被那力量锁定了，竟一动不动地站在那里。"喂，你站着干什么？"队长呵斥我。我猛然清醒。谁知，大头一脚大力抽射，球绕过我进了。而大头却依然很冷静，好像一位运筹帷幄的将军，又像一个身经百战的士兵。

看来"软脚"并不软！

"嗨，'软脚'，体育课一起踢球！"

（指导教师：沈军英）

053

朝阳如歌的日子

张 洁

在满坡都是美丽蒲公英小伞的偏远农村学校，我的伙伴数不清，但要说最好的朋友，非娟莫属。她给予我的关爱和帮助恰如校门前的那一条清澈明快的溪水，绵绵长长。

我家离学校很远，山路坎坷蜿蜒，人烟稀少，娟每天总是早早来到我家等我一同去学校。有了她，欢声笑语驱走了一路的寂寞，我们总是雀跃着向前，连太阳也不能追赶上我们的脚步。

在去学校的路上要翻过几座山。一次因为天下了小雨，布满青苔的山路就变得很滑很滑。我一不小心滑了一跤，眼看就要滚下沟去，娟不知哪来的神勇和力气，居然在那危急的一瞬间牢牢地一把拽住了我的胳膊，死命地把我拉了上来。由于用力过猛，反冲力让她撞在了身后的岩石上，脑袋顿时起了个很大的包，而她却不顾疼痛，急忙从口袋中掏出一块漂亮而又精致的手帕，毫不犹豫地把我脸上、身上的雨水泥水擦净。看到沾满泥水的手帕，我突然想起她说过，这是最疼爱她的外祖母送给她的生日礼物。她原本就对这份礼物情有独钟，外祖母去世后，她就更视这块手帕为珍宝了。望着她满是汗水的脸，望着那手帕，泪水模糊了我的双眼。我指着手帕，红着眼睛问："你怎么……"娟马上抢着说："没关系，手帕脏了可以洗，如果你摔伤了，那就不好了。别忘了，我们可是'生死之交'哟！"我被深深感动了，猛地握住她满是泥水的手，久久不肯松开。

一直坐在我前面的娟上课时目光也总会有意无意地停留在我身上。当我回答问题得到老师的认可时，她的目光里充满了快乐和鼓励；当我学习中遇到难题时，她总是不厌其烦地为我讲解。下课时，她总喜欢回过头来玩我的橡皮，并在上面方方正正地写上一个"娟"字。说这个名字刻在上面就意味着装进心里，彼此铭记，永不分离。

我们一起走过的日子在山里花开月落的轮回中积累着，然而一次意外的事故却让我们形影不离的日子戛然而止。在一次车祸中，我的腿受了重伤，还没来得及跟娟告别，在城里工作的父母就十万火急地把我接到了城里。临走时，我什么随身物品都没带，唯独把抽屉里面的一个个写着方方正正的"娟"字的橡皮全装进了盒子里揣在怀里，我要带走这段美好的友谊。

　　每每打开盒子，与娟在一起的快乐日子就如电影一般在我的脑海中清晰回放，又让我回到那段朝阳如歌的日子。

第四部分

在风里沐浴阳光

　　悬了这么久的心终于落地了。原来，这一排杨柳积蓄了整整一个春、一个夏，还有大半个秋的力量，就是为了这一瞬间的迸发！我知道，也许明天，也许后天，又一场秋风之后，窗外将上演真正的冬的萧瑟了，但我已经没有了担心，没有了遗憾，因为这一窗金柳，已经深深地烙进我的心里，永远不会消逝。更何况，我的心中已萌发了一个新的信念：我坚信，明年的某个春日的早晨，当我突然面对一树鹅黄的嫩芽时，我将又一次享受美的震撼！

——张超凡《一窗金柳》

我的十三岁

李维伊

这一年，我十三岁。

十三岁的女孩，是趴在沙滩下的一枚小小的贝，我的心事很蓝很宽。

十三岁的女孩，是躲在大树下的一棵嫩嫩的青草，我的梦想很高很绿。

我羡慕鸟，我幻想着飞翔。我要用饱满的激情做我的翅膀，在梦想的天空中遨游。

我羡慕风，我幻想着流浪，蓝天白云的大草原是我的梦想，我渴望背上木吉他，和羊群一起奔跑在那绿色的大毡子上。

十三岁，真是一个很浪漫的年龄。我轻轻敲开青春的门。它发出咯吱咯吱的声音，我不让往事随风飘逝，悄悄把它锁进日记，锁进我的心底，只有最深刻的爱才能将锁开启。

我向往着爱情，渴望着一份真挚的情感，一种成长的滋味，执着地等待着那一份面红心跳的感觉，哪怕会为它而受伤。

十三岁，真是一个很纯真的年龄。

我相信童话，守护着王子和公主那浪漫的结局。在一本本小书中，我欢快地舞着，播撒着纯真的希冀。

我喜欢童谣，喜欢在一个清亮的早晨，在青春的果园中，享受着阳光的亲吻，高声吟唱着童真的曲调，抖落着童真的花絮。

我喜欢手里抱着的布偶熊，享受着它毛绒线的质感，让童趣的花在我心中开放。

十三岁，真是一个充满激情的年龄。

我想做一名诗人，用最浪漫的诗句抒发我最热情的梦想，让那有韵味的节奏飞扬在我一张一合的唇齿间。

我想成为一名画家，让手中的画笔舞出青春的旋律，用梦装点我五彩的画布。

　　我会在刺激强劲的音乐中跳得热火朝天，我会涂上黑黑的眼圈银色的唇……的确，叛逆也属于十三岁，不是吗？

　　我十三岁，我有时而感伤、时而明快的心情，而青春的果实，则是让我欢喜让我忧的种子。

　　我的十三岁……

（指导教师：谢朝春）

节 日

孙宇童

　　我是喜欢过节的。从除夕到中秋，从感恩节到圣诞节，近乎来者不拒地爱着那些原本十分平凡却被赋予了不寻常意义的日子：可以一家人团聚的日子，习惯约朋友出去玩的日子，给喜欢的老师送上新鲜的百合花的日子，在从小到大的记忆里，一路芬芳。

　　小时候，最喜欢的节日是春节。曾经与父亲一起在老家过春节的情形，仍然记忆犹新。看见雪野，远处绵亘的银色山脉有近乎神圣之感。在村庄里见到熟悉的一大家人，心里热乎乎的，那时年幼的我说不清辈分更不记得名字，清楚地感受到神秘的血缘的联系。听着亲戚间开心的话语、爆竹的声响，突然，雪球从耳际飞过，回过头看见大伯家的女孩得意地冲我笑，我也团起一个雪球用力地丢回去，两个孩子就这样熟悉起来。春联，烟花的碎屑，孩子们过年的新袄，一切都是一种欢天喜地的红色，俗气却令人心里充满温暖。

　　后来，渐渐地不喜欢热闹，便开始偏爱那些安静的日子。譬如在清明，一杯茶一场雨，一本古旧的线装书，不经意地念着，遇到心仪的句子就会觉得刹那间满口生香。又如中秋，团圆的节日，深夜的气氛却只适合独处。站在窗口，想起的是远方的朋友和曾一起念诵过的诗句："海上生明月，天涯共此时。"碎银般流泻的是秋月的清辉，而月下恍惚的人影，前世可曾一同在江南的木桥上赤脚走过？

　　我是喜欢过节的。节日是糖果、压岁钱和红火的联欢晚会，节日是喜欢的饮料和白色洋装，节日是饕餮和游戏，是炫目的烟火表演，是酣睡，是朋友之间似乎永远讲不完的电话。节日诗，是悠扬的长曲，是怀念。节日是丢下手里的试卷，沉醉于电影和写作的最佳档期……节日里我们可以轻易变得欣喜。于是就那么执着地爱上它，因为爱，对生活有了不同寻常的热情。仿佛是节日的阳光深深地埋在心里，而忧伤随风渐渐消隐。

这样说起来，似乎带来节日的并不是时间，而是我们内心的喜悦。

那么，对于一个真正懂得快乐的人来说，是否每天都是节日？我想请你一起来，微笑迎接。

初三的我在初三

卞成成

如酥的小雨，润湿了大地，唤醒了小草，芬芳了春花，初三的大门被我匆匆的脚步跨过了。

初三的我在初三！

有人说初三是一幅没有色彩的水墨画，有的只是苍白和阴晦；也有人说初三是一枝严重缺氧的花蕾，少了生机，少了妩媚；还有人说初三是游子最艰苦的跋涉，最后断肠人踏着丝丝的鱼肚白，揣着密密的星辰回家。

可是初三的我开开心心，犹如青青绿芽，勃发着春的希望；初三的我快快乐乐，犹如含苞的花蕾，满载着夏的激情；初三的我活活泼泼，犹如梨橘耀金，流露出秋的成熟；初三的我潇潇洒洒，犹如洁白的亮雪，映衬出冬的充实。

初三，又是个忙碌的时节。绷紧拉直，初三学生的生物钟被扭得乱七八糟；稍息立正，初三学生的脑神经被累得昏天黑地。无奈，只得告别心爱的集邮册，亲爱的"格格"，可爱的乒乓球，钟爱的电视机，还有那温暖舒适的星期天早晨的小床。

可是我还是爱着属于我的初三的。初三让我获益匪浅，让我明白了珍惜时间才会不虚此生的真谛，让我懂得了珍爱人生就要去拼搏去奋斗的道理。如痴如醉，它让我用激情吮吸着知识的甘露；豁然开朗，它让我用真诚探索着做人的美好。

我还是爱着属于我的初三的。爱属于我的初三给予我的心旷神怡的时刻：当你冥思苦想而终于恍然大悟的时候，你会品尝到成功的喜悦；当你忙里偷闲和别人聊上几句家常时，你会发现生活的乐趣；当你趁着课间十分钟一瞥窗外那云卷云舒的宽容时，你会感到心灵的轻松与惬意。

所以，我说——

初三是一幅流光溢彩的油画，是一片充满幻想的云霞，是一个充满竞争的年华！

让我们的青春在初三飞扬，让飞扬的青春在初三长大！

第四部分　在风里沐浴阳光

生命的感动

张静如

　　我们生活在一个大大的舞台中，每个人每天都扮演着各种角色，上演各式人生，或起或伏，或喜或悲，在每个人的戏份中都充满着对生命的感动。

　　我们会为某一首歌唱得动听不已而陶醉；我们会为某一篇文章写得激荡人心而大加赞赏；我们会为某一夜的伤心而感叹人生。在陶醉、赞赏、感叹的同时，我们也在不停地被感动着。

　　当一排排波浪以排山倒海之势翻涌过来的时候，有谁能不为它的雄伟壮阔而感动？当前浪欢唱着被后浪推进的同时，也在后浪无情的咆哮中渐渐隐退了。人生不也是这样吗？在生命的大起大落中，我们曾有过幸福，也有过苦难，我们在怀着对幸福的憧憬中度过苦难的日子。其实前浪就是苦难，后浪就是幸福。当一切苦难都被幸福所代替的时候，我们能不为曾经拥有过的那段艰辛经历而感动吗？我们感动的不是现在拥有的幸福，而是在幸福憧憬中的苦难。

　　感动不都是像惊涛骇浪一样壮阔。其实感动可以很细微，就好像在平静的湖面上用手指轻轻一点，水纹随着振动开来。感动就是这样可以荡漾的。在人生的旅途中，我们会经历千万的事物，接触千万的人，其中一定有让我们感动过的。这中间有种感动不需用话语表达，它只需在心里贮藏，在那一片心湖中静静地荡漾，永远都只是那样静静地、轻轻地泛起细微的涟漪，永远不会停息，因为感动是无期限的。

　　一片叶子落下了，而在它原先落下的枝头，来年又会生长出一片新绿。当我们在为那一片叶子的凋落而感到悲伤时，不妨也欣喜一下，因为那是生命的延续。我们也会在这凋落生长中永远不停地进行着我们的感动。因为我们的生命是可以无限地延伸下去的，我们拥有的是无期限的感动。

　　当一个人演出完毕谢幕的时候，当生活的掌声向他鼓起的时候，他会永远记得那份感动，因为那是人生的喝彩！

　　轻轻地把一枚落叶拾起，轻轻地不留一丝叹息。我们会拾起生命中的感动，然后像汹涌的浪、荡漾的湖、凋落的叶、谢幕的人一样，在无声息中进行我们的生命。但我们不怕寂寞，因为有感动与生命同行。

（指导教师：祁玉洁）

065

第四部分　在风里沐浴阳光

今夕是何年

胡军乔

　　我静静地躺在地下，聆听历史车轮的滚动；我静静地躺在地下，感知时代风云的变幻。有时我像个诗人，热情奔放；有时我像个哲人，痛苦沉思。

　　我从两千年前走来，我从睡梦里走来，我不曾停息地漫步在历史的征途中。

　　我从秦始皇一统华夏后，便永久地沉睡，步入梦般的历史时空。我聆听"黄河东流去"的高唱，我聆听"朱门酒肉臭，路有冻死骨"的哀吟。我听见了一声枪响，漫天火光中，一个叫作英格兰的强盗，一手拿着鸦片，一手挥着洋枪，恣意横行在中国大地上。我听到了武昌起义嘹亮的号角，我听到了一位身着中山装的长者疲惫的叹息……

　　于是，我懂得了硝烟、流血，我懂得了奴役、反抗，我懂得了昙花一现的辉煌，我懂得了……我痛苦地闭上眼睛，沉思，睡去。

　　在千里冰封、万里雪飘的北国大地上，那"数风流人物，还看今朝"的凌云壮志横空出世，如惊雷乍响，揭开了历史的新篇章。我震惊了，多么豪迈的情怀，多么铿锵的声音。我真想站起来仔细看一看，然而我不能。我是秦始皇陵里的一尊陶俑，被深深地埋在地下。

　　公元1949年10月1日这一天，我又听到了那熟悉的湖南口音："中华人民共和国中央人民政府今天成立了！"顿时我感到一种未曾有过的亲切和激动，仿佛一位少女听到了她的恋人的足音。我是多么渴望出去一睹他的风采啊！

　　不知什么时候，当我再次醒来的时候，我发现自己站在宽敞的展览厅里。我看到一群群儿童，像山茶花一样烂漫；我看到一群群青年，像黄河浪一样奔放；我看到一群群老人，像泰山松一样坚毅。

　　我惊讶地睁大了眼睛，聆听着人们的交谈。我知道了中国改革开放的总设计师——邓小平；我知道了中国改革开放的"试验田"——深圳；我知道了中国的现代马克思主义——社会主义市场经济理论……

嘀，今夕是何年？为什么只看见春潮奔涌浪赶浪？为什么只听见莺歌燕舞庆升平？我的眼前展开了一幅壮阔的画面，华夏大地上显现出赤橙黄绿青蓝紫的胜景。

东方，飞翔的蓝色梦幻。上海滩上的巨钟记录着腾飞的时刻，放飞着中国人的梦想；浦东开发区像一颗明珠，点缀在长江巨龙的额畔。

南方，奔涌的绿色旋律。"时间就是金钱"的宣言揭开了一个时代的序幕；你的活力，你的激情，闪烁在南方人智慧的瞳仁里，跳跃在南方人轻捷的步伐中。

西方，苏醒的黄色灵魂。敦煌清风，关山冷月，岁岁年年；大漠孤烟，黄河落日，年年岁岁。就在今天，君不见，春之精灵已在荒原上徘徊、萌芽、开花。

北方，搏动的红色心脏。古老而年轻的城市——北京，它制造着新鲜血液，源源不断地输向四方，期待着花儿微笑，期待着果儿飘香。

我聆听着，伫望着，缅怀着，我怎么能够按捺得住自己起伏的心潮，我怎么能够保持得住自己两千年的沉默——我是秦始皇陵里的一尊陶俑，我穿越了漫长的历史，我如今又站在历史的高地，我忍不住要大声歌唱：绿染春风今又是，天地人间美无限！

那滋味儿

王 丽

小时候的我，对感冒发烧可以说习以为常，面对打针、挂水，一点也不害怕，惟有吃药的苦涩却至今难忘。记得第一次喝下那棕色的药水后，我抱着白开水足足灌了两大杯，刚买的梅子也被我吞得所剩无几。为此，我哭着闹着怨了妈妈好久，发誓不再喝它。这是我第一次接触到苦的滋味。

三年级的时候，老师让我们去一个离家近百公里的部队参加军训。早上五点，军号一响起床叠被；空着肚子，绕军营跑上五圈；烈日当空，一动不动练习站姿；大汗淋漓，蚊虫叮咬不准喊"苦"。这是我第一次感受到的皮肉之苦。

从四岁起，我开始学琴。起初每天练二十分钟，后来每天练一个小时，雷打不动。常常在练琴时听到楼下传来的欢笑，常常在弹错时饱受妈妈的责骂；很少因弹琴而受表扬，很少在练琴时不哭鼻子；曾几何时，在梦中哼唱着钢琴曲，曾几何时，听到琴声就毛骨悚然。我每周到老师家去一次，一年四季不论刮风还是下雨，我都坚持着。就这样，我饱尝了一种身心的苦。

上了中学，作业一天天增多，时间一天天不够用，竞争也一天天在增强。睡眠不够是大家有目共睹的，每天下午第一堂课，总是睡意蒙眬，一个连着一个的哈欠，让我苦不堪言，掐手心、涂清凉油，想尽办法学习"悬梁刺股"，这是一种精神上的苦。

如今的社会，一些人的人生观、价值观发生了倾斜，不公平、不公正的现象渗透到社会的方方面面。为一件小事，我摔了一跤，看看周围很黑很黑，又很高很高，身上很疼，心灵更疼，它得不到光明的安抚，那是一种刻骨铭心的心灵之苦。

然而——

那吃药之苦，让我的病三天就好了；那军训之苦，让我有了健壮的体魄；那练琴之苦，让我成为全省两名优秀中的一个；那学习之苦，让我成为全面发展奖学金的获得者；那心灵之苦，让我从容面对一切挫折。

第四部分　在风里沐浴阳光

春天的故事

芦靖茹

窗外，北风呼啸，就像一只发狂的野兽，日夜不停地狂吼着；又像是魔鬼，露着狰狞的面孔，让人毛骨悚然。没错，现在还是冷酷的冬天，在温暖的房间里，我几乎不敢出门，生怕被这疯狂的北风所吞没。我可以想象，那些没有了叶子的光秃秃的树是怎样在煎熬；平时生机勃勃、会唱歌的小鸟又是怎样缩在窝里，直打哆嗦。

此时，我的心里只有一个愿望：春天，春天，你快来吧!

终于，春天来了。她迈着轻盈的步伐，带着阳光和生机来到了人间。大地开始苏醒，花儿慢慢地绽放笑脸，小河开始唱起欢快的歌……一切都是那样美好，和暖的阳光又洒遍了世界的每一个角落，大自然又恢复了迷人的姿色，仿佛归来的小鸟都在叽叽喳喳地叫着："春天来了，春天来了!"

我终于盼到了春天! 而那个可怕的冬天似乎已经记不起来了，因为在这温暖舒适的环境中，有谁能想象出冬天的寒冷呢?

春天是美好的，我爱春天。春天总能给人带来温暖与希望，春天的故事是丰富多彩的。万物复苏，就是一个美好的故事。此外，在不同的人生道路上，自然会有不同的"春天"。对于婴儿，健康成长是他们的春天；心灵孤僻的，需要爱的春天；对于学子，学有所成是他们的春天；对于创业者，事业成功是他们的春天；寂寞孤独的，需要友谊的春天……面对眼前春天的气息，我沉思着。

忽然回想起，那个可怕的冬天和这些美好的"春天的故事"是怎么来的。如果没有冬天看似无情的北风吹走树叶，那么春天时，这些树木怎能重新发芽，长得更茂盛呢? 如果没有冬天的大雪覆盖地面，让小草睡足了一个冬天，到了春天，它怎能有顽强的意志钻出地面呢? 如果没有那些在"冬天"的恶劣环境下坚强地磨砺自己的人，何来"春天"的成功与喜悦呢? 春天的故事虽然美好，但不经历一番苦难它是不会来的。

　　感谢大自然给我们上了如此生动的一课，让我明白了"春天的故事"的真正含义。在走向幸福与成功的道路上，必然会经历一番磨难，只有走过这条艰辛的路，才能得到真正属于自己的春天。

　　我不再讨厌、害怕冬天了。每当生命中的冬天到来时，我总会想到另一幅画面——美好的春天的故事，那正是需要我去拼搏、去奋进的。每当这时，总有一个声音在我耳边回响："冬天来了，春天还会远吗？"

（指导教师：向斌）

071

第四部分　在风里沐浴阳光

我读宋词

吴彦蓉

正如"一千个读者心中有一千个哈姆雷特"一样，每个人心中都有他所偏爱的宋词，我读宋词，更偏爱它的含蓄隽永，回味悠长。

碧云黄叶

"碧云天，黄叶地"，仅仅六个字，就道尽了秋的真谛。秋高气爽，晴空万里，黄叶遍地，宽阔的江水带着寒意流向遥远的天际，看得见夕阳的余晖，却望不见思念的家乡，这怎不让人伤感满怀！冬天就要来了，而游子们犹如无根的黄叶，该飘往何处呢？酒入愁肠，化作相思泪，或许只有借酒浇愁了。不知远方的老母亲身体可好，就让我的缕缕乡思随着江水返回故乡吧。想不到胸襟开阔的范仲淹也会有如此柔肠，也许只有透过豪迈和柔情，我们认识的才是一个真实的他。

少年说愁

"少年不识愁滋味，爱上层楼。爱上层楼，为赋新词强说愁。"少年时代，踌躇满志，不知愁苦；但又偏偏爱上高楼，无愁找愁，或许以为这样自己就是成年人了。可当他真正领悟到了"愁"的含义时，却无话可说了。他怀着一腔热血投奔南宋，谁知不仅报国无门，还落得个被削职闲居的境地，个中滋味尽识以后以为可以"说愁"了，却没想到连说也不便言说，只得又道"天凉好个秋"。痛苦无奈的辛弃疾，在万木凋零的深山孤亭上远望一江秋水，一片忠心如血染的晚霞映照大地。

红藕香残

　　已是秋日了。独自上了小船，眺望远方，希望可以看见夫君赵明诚熟悉的身影，但"红藕香残"，满眼尽是已经残败的荷花。幽静的荷池中李清照孑然一身，独自咀嚼那离别的伤情，悄然排遣那铭心的思念。或许还会想起当年两人泛舟荷花池中的情景。唉，不知道他有没有给我写信呢？只盼那雁儿能传来佳音。柔肠百转，还是无法消除这份情愁，"才下眉头，却上心头"，每时每刻都在挂念着心上人。李清照对丈夫的思念真是深刻，她用细腻的笔调写出了一个妻子等丈夫消息的故事，故事虽不出奇，但读来却令人十分感动。

　　或许这就是宋词的魅力所在了，它并不像唐诗那么直白，更体现了我们东方的含蓄之美，仔细推敲起来，每一个字都恰到好处，把我们带入了那个特定的情境之中，回味无穷。

（指导教师：杨帆）

073

第四部分　在风里沐浴阳光

永久的心动

曾　莹

闲暇之际，铺一张纸，磨一碟墨，驾一支笔，酝一下神，挥一句词，读一篇文章。昨日散发醉人香，今日依旧香如故。于是，古往今来无数人在宣纸上留下的唯美的文字就让我永久动了心。

永久的心动只是因为文字的信念。

听文字唱的"长风破浪会有时，直挂云帆济沧海"的信心；听文字唱的"山重水复疑无路，柳暗花明又一村"的乐观；听文字唱的"会当凌绝顶，一览众山小"的雄心；还听文字唱的"拣尽寒枝不肯栖"的执着。就是这样，唯美中透着的信念让我心动。

永久的心动只是因为文字的愁容。

摸一摸文字编的愁丝，是"剪不断，理还乱"的离愁；看一看文字绘的夕阳，是"古道西风瘦马，夕阳西下"的断肠；折一折文字叠的舴艋舟，是"只恐双溪舴艋舟，载不动许多愁"的孤舟；听一听文字敲的水声，是"抽刀断水水更流，举杯消愁愁更愁"的水波；还去看看在"佳节又重阳"之际却"半夜凉初透"比那"黄花瘦"的女子在月下吟诗。就是这样，唯美中的愁容让我心动。

永久的心动只是因为文字的春秋。

走进文字里染色的春，"满园春色关不住，一枝红杏出墙来"的杏花为你带路；走进文字里清凉的夏，"接天莲叶无穷碧，映日荷花别样红"的碧荷待你采摘；走进文字里的秋，"一年好景君须记，最是橙黄橘绿时"的金黄献给你丰收的景象；再和文字里的冬亲近亲近，你会发现那一场"忽如一夜春风来，千树万树梨花开"的雪景是那么的亲切。就是这样，唯美中画出的春秋景象让我心动。

永久的心动只是因为文字的意蕴。

那"山回路转不见君，雪上空留马行处"的意境多么悠远；那"飞流直下三千尺，疑是银河落九天"的韵味多么雄伟；那"醉翁之意不在酒，在乎山水之间"的乐趣多么高雅。又一次，唯美中演绎的蕴意让我心动。

依旧是一张纸、一碟墨、一支笔、一句词，只是读的人心境变了，开始变得儒雅，变得博大，变得睿智，变得诗意，变得善于发现美丽。唯美的文字让我永久心动，我要用它来点亮我的青春！

第四部分 在风里沐浴阳光

清明时节

高璨

几滴春雨，下在那"草色遥看近却无"的地方，点在那"欲断魂"的节气中，而我的思绪飘在那更远更远的空中，犹如断线的风筝，终究不知会落在什么地方。

从小，清明节在我的心中就不是一个十分清晰的节日，应该说是不熟悉，什么时候到了不知道，什么时候过去了也不知道，真的像烟雨一般，飘过则过，涣散则散，不会触到我内心的任何角落。

这似乎是唯一一个没有彩色气球、没有欢笑的节日。鲜花的美丽不是让我们观赏的，它们将飞向很远很远的地方，飞到爷爷奶奶所在的地方。

烟火，打开了人世间的另一扇门，那些话语，那些泪水，都走进了那扇门。那扇门啊，多少年前我们看着那些此时令我们缅怀的人都走了进去，是缓慢的，以后的每一年，我们都要让火焰亲自打开这扇门，没有人的进出，只有那些被我们拿去祭奠的东西消失在其中。

这让我突然想起了宇宙中的黑洞，且不论两者能否做比较，至少它们有着同样的行路方向，即无论多么宽广深远的路，都永远只会是单行道。

十岁那年，我第一次在清明时节去做了在这个节日应做的事情——我第一次去了爷爷奶奶的墓园。记得墓碑旁的一株迎春花开得格外灿烂，挂满金黄色花朵的枝条在园中变得分外诡异，此时似乎已经不是生的权利使花朵开得这样亮丽，而是死的意念使它绽放。

一个穿着黑大衣的人，黑色的袖管衬托着一双白皙而修长的手，手中有一束金色的迎春花，看不清他的眼睛，听不见他呼吸的声音。他手中的迎春花，此时嫣然绽放在我的身边。我看着他，沉默。无话可说的风静得像我与花之间空气的静，我与花同是这个世上还在呼吸的生灵，我却感觉这花并非来自人间。

满山的墓碑，人的生命是如此脆弱；满山的松柏，人的生命是这样森严。

清明，十岁的清明节。清明，清如同那天的天空，明如同那天天地间的一切刺眼光亮。这两者貌似格外不匹配，就像墓园中的墓碑与花朵，但它们确乎命定在一起。

我的思绪就这样飘飞。从小就很少有放风筝的习惯，更没有在清明时节放风筝的经历，而真正放飞过的几次中有一次风筝就很美丽地飞走了。我在清明节的思绪就如同那放飞了却永不回归的风筝。

在这"欲断魂"的节气中，思念是永不熄灭的灯火，而怀恋是那个黑衣人手中永不凋谢的花朵，那样使人心碎。

瞬 间

桑嘉炜

　　脑海中，总有些事让我们难以忘却。没有多少流畅华美的长调，大都是零碎不一的瞬间，也正是由它们，构成了我那璀璨多姿的记忆空间。

　　浏览着那缀满无数瞬间的记忆壁，轻轻触摸，画面由模糊渐渐清晰。一个婴儿咿呀学语，在小小的摇篮里伸胳膊伸腿，机灵的大眼睛打量着周围，似乎对这个陌生的世界既好奇又害怕，却又迫不及待地想领略一番，这是我在一段录像中所见到的，那个孩子便是我，我明白：这是生命的序曲。

　　一个男孩，顽皮地搞着滑稽的恶作剧，却被抓了个正着。稚气的脸上写着几番俏皮，又隐隐透着几丝倔强。这是我的孩童时代，天真烂漫，调皮劲十足。那时的我已略知世事，那漫长的人生帷幕渐渐拉开：一首轻快的原生态小调。

　　继续漫步，来到无忧的时候——小学。歪着脑袋听课，红着脖子争辩，可着劲儿玩耍，哼着歌儿做作业，过着周而复始却又并不枯燥的生活。那是一场足球比赛，我摔倒了，队友将我拉起……记忆定格了，我又不禁回味起那时的点滴。友谊，是一杯淡而香的龙井，虽平凡却又感动我心：那是一组谐和的重唱。

　　记忆越来越完整，不像来时的断断续续，那一个个细节明了地告诉我，现在已到少年时代：课堂的踊跃积极，考场的凝神仔细，以及那或幽默、或严厉、或慈祥的老师，或开朗、或内向、或顽皮的同学，都一视同仁地囊括进了我的记忆。那，已不再是只知淘气，也不再是无忧无虑，取代它的是渐次的成熟，还有淡淡的火药味：这是激情昂扬的交响曲。

　　成长的瞬间构成如歌的人生，或许还会有青春动感的摇滚，宁静温馨的协奏，轻歌曼舞的老年迪斯科……时光的飞逝与空间的转移不可逆转，唯有记忆，长留心间。

出 走

来嘉真

　　一段时间了，你当初狂妄的梦想渐被消磨，消磨成瘦小的行囊背在身后，跟着风微微晃动，走过错乱的街道。已经忘记了，是在追逐，还是在寻找？是失去了，抑或根本就不曾拥有过？原本安排的路线，却越走越迷惘、越崎岖，像是背离着你自己的信仰而行。这里不符合任何目前已知的地图，每条道路都随着时间不断地改变着。每天有人在跌倒，失望着、绝望着，或者仰头向浩瀚的苍穹祈祷着。忘了，那平静的蓝天，不过是口深蓝色的井，等着你坠入、深陷、淹没，而无法自拔。

　　顺手一扔，书包像往常一样准确地落在椅子上。先检查课表，接着完成作业，然后读完明天要考的科目。每天不断重复，重复着踏上梦想的旅途。也曾幻想着，认真念书，考上女中，再顺利地上台大、成大……这或许是大部分人的梦想，是父母所希望的，也是我所希望的目标。但日复一日，却没有向目标前进的感觉，反倒更像走进一大片晦暗的树林，越来越不安定。

　　不用伸手向那里，那里没有信仰、没有神，也没有救赎。尽管那里有你渴望的阳光，或你等待的大雨。或是在炽热中，你真的看见你所想要的，你的梦想就真实地矗立在你唾手可得的地方，但你始终追寻的，不过是一片镜花水月。假想出来的假象，虚拟中的真实，在得到与失去间游走，犹疑不定。

　　曲折的道路，蜿蜒扭曲，像走迷宫，令人崩溃、发疯，难道通往梦想的道路都如此艰难？尽管拔足狂奔，向那明明确信不已的方向，你却被周围的指示招牌弄得混乱。向左？向右？北方？南方？就连指南针也被四周的磁场吸引得晃动不停。头上那片蓝，一样平静无波地等着这些人们，往那蓝色的深渊坠落。更像蓝色的沼泽，越陷越深，越挣扎却越沉沦。

　　先前确定的目标越来越动摇。"读高中上好大学还是到高职学一技之长，我们不干涉，但永远支持你的决定。"父母这样说，但我从他们的眼神间读到的，却是希望我考高中。"看自己的兴趣与能力。"老师是这样说的。"哪间学校有我想要的科系，哪间学校校风好，哪间学校……"同学是这样说的。

在梦里，你走在港口，晚风吹过脸颊，是轻柔的，此刻却有如嘲讽般的围绕着你，从深黑的发旋到脚跟。朝着粼光闪耀的大海望去，情绪几乎以一种欣喜若狂的姿态攀上嘴角。在港口畔，所有事物戛然停止，只有大海，以轻柔的速度延伸向天空。

繁琐的事物真的让我很累、很想逃，逃出我短浅的思想、狭隘的格局。然后让我明白，别人的梦想不是我的，别人所希望的，我不见得也希望。或许天空也只是在寻找它的另一座天空，一样跌跌撞撞。我们不过踏进了它曾走错的路。所以，或许我可以，用自己的方式，追自己的梦。

从索然无味的生活出走，走进一片迷惘，跌跌撞撞，学会了如何放手忘记，也学会了洒脱，学会了成长。于是，走出。坦然，你对自己微微地笑了。

不放手的梦

陈亭艺

　　时间的洪流卷来，又淹没了无数的记忆与故事。偶尔在沙砾中显露出的碎片，依然绽放着钻石般的光辉。因为那些碎片里，都沉淀着历经百年仍璀璨夺目的梦想。

　　曾经有一个小男孩，在七岁上学时因"愚钝糊涂"被勒令退学，于是他的妈妈充当了他的家庭教师。小男孩一直孜孜不倦地努力学习，并对知识产生了浓厚的兴趣。他在年轻时就有了一个志向——成为一个发明家，而他也用自己的行动证明了他的决心。他不停地努力，刻苦钻研。在发明电灯的过程中，重重艰难险阻也挡不住他的决心。为了找到可以做灯丝的材料，历时十余年，他先后选用了竹棉、石墨、钽等上千种不同的材料进行试验，时常通宵达旦，终于找到了钨丝。他曾说过一句话："天才就是百分之一的灵感加上百分之九十九的汗水。"他成功了，因为他有照亮黑暗的梦想。他就是"发明之王"爱迪生。

　　小时候的我，也有很多梦想，在过家家的游戏中扮演有回天之术的医生，给患了病的布娃娃开上一剂灵丹妙药；扮演童话作家，给不肯睡觉的布娃娃讲上一段即兴创作的神奇故事，引他安然入睡……每当这时，妈妈总会适时地告诉我要读书学习，不然就可能开错药害死布娃娃；也可能因为故事讲得不生动，害得布娃娃整宿哭闹不停……

　　慢慢地，我踏上了读书的"取经路"。在以后的日子里，我是手不释卷：枕头底下放着书，古筝上放着书，连洗手间里也有厚厚一摞……有一次我边吃饭边看书，由于太投入了，结果连夹了一筷子辣椒酱也不知道，直接就塞进了嘴里，害得嘴里像着了火。还有一次，妈妈连续叫了我几次，我也没有回应。最后，疑惑的妈妈只好采取"暴力手段"将我拎出来质问："你干什么呢？叫你那么多次都没反应！"我听了，不好意思地挠挠头："我看

书呢，没听见。"气得妈妈笑骂："你呀，真是个小书虫！"

　　读过的书日渐增多，我的梦想也日渐清晰。读《红楼梦》，巴不得变成曹雪芹，给悲苦的黛玉送上几滴温热的泪；读《再别康桥》，又巴不得变成徐志摩，拥有挥挥衣袖不带走一片云彩的洒脱。许许多多的书籍带给我许许多多的感受，许许多多的作家给我以不同的指引和熏陶。我期待自己有一天能拥有莎士比亚的文采，能创作出千古绝唱。

　　我的梦想就像一颗萌芽待发的种子，书给了它适宜的温度和滋润，我坚信它是会飞的蒲公英，自由、纯洁，能随风舞出曼妙的精彩。

　　因为我有一个永远不会放手的梦！

（指导教师：郭淑琴）

我想成为这样的人

陈缃愉

总以为那些贴上了美丽标签的人才是成功的，其实不然，生活教会我去欣赏，挖掘那些最朴实，最真的美。我想成为美丽的发现者。

我不愿活得轰轰烈烈，像名人一样，家喻户晓；也不愿活得一无所成，像落叶一般，风过无痕；我只愿做一双发现的眼睛，去挖掘生活中被人忽略的美。

一

我，喜欢流连在大自然的怀抱中，把它一切的美好收入眼帘，印在心里。

漫步春天，大自然让我走进早春那"乱花渐欲迷人眼，浅草才能没马蹄"的似有还无的境界；夏天如期而至，"接天莲叶无穷碧，映日荷花别样红"的美景让我感叹西湖无与伦比的瑰丽；秋高气爽时，农民伯伯脸上的喜悦让我想到了他们当时"足蒸暑土气，背灼炎天光"的辛苦劳作；"忽如一夜春风来，千树万树梨花开"的冬的遐想，让我领略了飘雪精灵般的神奇。

而"一双沾上湿泥的凉鞋，停泊在6月滴落雨声的门槛外，左脚贴近右脚，很紧张地小声嘀咕"的静谧，让我用心聆听了属于一双凉鞋的独特语言；"从没有人说过8月什么话，夏天过去了，也不到秋天。我望着田垄和土墙上的瓜"的安宁，让我明白了现实同梦想的牵连。

其实，只要用心去发现，你就会看到大自然的多姿多彩，感受到它那不起眼的角落里散发出的迷人魅力。

二

　　我，也喜欢徜徉在大千世界里，体味其中的欢笑、精彩和绚烂。

　　十八岁的小将龙清泉，在北京奥运会最高领奖台上展示着他那淳朴、灿烂的笑脸，他用金牌证明了"90后"的冲力和激情。为了这一刻，在漫长的训练过程中，他也曾遇到挫折。2007年10月底参加全国第六届城市运动会时，由于思想包袱过重，他抓举成绩为零，不得不退出男子56公斤级冠军的竞争，这是他举重生涯中的重大挫折，但调整心态之后，五天后的男子举重锦标赛中他就拿了两枚金牌。

　　雨果说："在生活中迈步犹如在泥泞中行走。"龙清泉坚定地走在泥泞中的身影，代表着"90后"那不服输的韧劲。

　　其实，只要用心去发现，你会看到"90后"的身上，有一抹闪亮的光彩，那便是人性中最朴实、最真的美。

　　自然界的落叶有自己的快乐，生活中的名人有自己的光荣，而我，有着属于自己的体会、坚持和精彩。生活中并不缺少美，而是缺少发现美的眼睛。我想成为一个在发现中成长，在成长中惊喜，在惊喜中享受人生的人。

（指导教师：许鸿）

一窗金柳

张超凡

教室的窗外，是一排杨柳。从我们搬进二楼的这间教室起，便与"万条垂下绿丝绦"的美景朝夕相伴。那一窗绿柳，有时送来一缕凉风，驱走我们沉沉的倦意；有时又送来一声"啁啾"，为枯燥的课堂平添几分生气。

然而，忽有一夜秋风来，校园里柔弱的丁香率先在风中瑟瑟地换上了灰黄的秋装，壮硕的洋槐惨兮兮地扬起簌簌的黄蝶，就连那排笔挺的松柏，也铁青了脸，摆出一副视死如归的模样来。

从那一天起，我的心便为这窗绿柳揪着，忧心它也不堪秋风。每天一进教室，第一眼先向窗外望去，见到绿意犹在，心才稍稍安稳。

但我知道它终究难抗大自然的暴虐。也许就在下一个早晨，映入眼帘的就已是满窗的萧条了。我只能在心中默默地祈祷，迟一天，再迟一天吧，我要把它刻进我的心里。

终于，又一个秋风扫落叶的夜晚来临了。我躺在床上，静听窗外呼啸的西北风，心冷得发抖。起床铃一响，我就迫不及待地冲向教室，但天刚蒙蒙亮，窗外模糊一片，只看到万千飞舞的枝条。

那天的早操，迎着凛冽的西北风，我跑得大汗淋漓。

当我随着人潮涌进教室时，在同学们的一片惊叹声中，我也被震撼了：我看到了一窗金灿灿的秋天！那昨天还墨绿的柳叶，一夜之间，在一场秋风过后，竟然无一例外地镀了一层金色！也许是震慑于这一窗金色吧，风不知何时放缓了它的脚步，朝阳沐浴下，一丛丛金色的柳条慈祥地微拂着，一片片金叶子灼灼闪光，真好似梦中仙境一般。

悬了这么久的心终于落地了。原来，这一排杨柳积蓄了整整一个春、一个夏，还有大半个秋的力量，就是为了这一瞬间的迸发！我知道，也许明天，也许后天，又一场秋风之后，窗外将上演真正的冬的萧瑟了，但我

已经没有了担心，没有了遗憾，因为这一窗金柳，已经深深地烙进我的心里，永远不会消逝。更何况，我的心中已萌发了一个新的信念：我坚信，明年的某个春日的早晨，当我突然面对一树鹅黄的嫩芽时，我将又一次享受美的震撼！

086

第五部分

就是爱的香味

　　爹是个硬汉子，从没见过他流泪。当我蹦跳着把好消息说给他时，爹却像个孩子似的哭了起来："好娃子，跪下，咱得给远方的恩人磕个响头。天无绝人之路，有人惦着咱穷人哩。咱不能白用人家的，爹明天上山挣钱还。你要不好好读书，咱就对不起人家这份情呀！"我朝着山外磕头，泪珠掉在额头磕响的青砖上。那晚，我做了个梦。梦里，老师牵着我的手，爬上一座又一座大山，顺着老师的手指，我看到了希望。

　　我这就去上学，老师等着哩。咋，你说我人小，走不出这山。不诓你，我不光要走出去，还要把外面的世界搬回来呢。

——王国锋《希望》

准考证的故事

侠 名

山子这几天情绪有些反常。山子的眼睛里写满愁容。

山子从学校跑了，没跟任何人打招呼。

山子命苦，从小就死了爹，不久娘也改嫁了。山子只好与年老多病的爷爷、婆婆相依为命。

可苦命的山子却偏偏聪颖，从小学到初中，山子的成绩都那么拔尖，让其他学生可望而不可即。

山子愁的是钱。进了初中，爷爷、婆婆更老了，病也更多了，毕竟年岁不饶人。爷爷、婆婆平时供他吃喝都不容易，虽然爷爷、婆婆经常对山子说，只要山子有出息，砸锅卖铁都供山子读书，但山子明白，那只不过是爷爷、婆婆对他说的宽心话而已。

这几年，多亏派出所和学校"爱心社"援助，山子才无忧无虑地读完三年初中。山子也清楚，凭他的实力，夷陵中学、一中任他挑选，但一想到那对他来说近乎天文数字的学费，山子便不寒而栗。眼前，山子正在为自己的报考费发愁呢。

学校老师当然知道山子跑的原因，也知道山子跑到哪里去了。山子是个懂事的孩子。

第二天，校长、班主任和四个学生风尘仆仆地赶到山子家。

山子惊呆了，爷爷、婆婆也惊呆了。

"山子，都是我不好。我忘了告诉你，镇土管所的同志了解到你的情况后，决定和派出所联手供你读高中、上大学。另外，市一中校长也明确表示：绝对不会让一个优秀学生因家庭贫困而辍学。至于报考费嘛，我替你出了。记住，我不会白出。大学毕业参加工作后，双倍还我。喏，这是你的准考证。"校长诚恳地说。

山子听了灿烂地笑了，爷爷、婆婆的脸也都笑成了一朵菊花。

太阳·群星

郭羽佳

落日的余晖均匀地洒向大地，火红的枫叶在枝头泛着光泽，或远或近的炊烟徐徐升起，一切都显得宁静而和谐。

"咯嗒咯嗒"，一只愤怒的小石子在路上横冲直撞，打破了这秋日的宁静。

婷婷并不像她的芳名一般亭亭玉立。和她一般年纪的女孩子都像一朵朵含苞待放的鲜花，个子高挑，身材苗条。而她却因为身患糖尿病，长年服药，肥胖不堪。

可是婷婷偏偏喜欢舞蹈，她极其羡慕那些舞蹈班的女孩子，一个个出落得如轻盈的小鹿，在宽大的练舞房里，优雅地抬腿、旋转……

今天，舞蹈班招收新学员，婷婷鼓起勇气报了名。那个领队老师打量了她两分钟，愣了愣，最终还是拒绝了她。婷婷不甘心，追问为什么，领队老师似乎面有难色。

这时，那群骄傲得像孔雀公主似的女孩子爆发出一阵刺耳的哄笑声，一个张扬的女孩子当众奚落她："林婷婷，你充其量只能在文学社混混，我们舞蹈班可不要大肥鸭！"

婷婷涨红了脸，一路上拿石子出气，最后连自己都没力气了。

其实婷婷写得一手好文章，对她崇拜有加的人也不在少数，可婷婷偏偏不以为意，因为她的心里只有舞蹈。

"我要跳舞！"黑暗里，婷婷愤怒地喊着。

婷婷无数次地祈祷，期盼着奇迹的出现。她幻想有一天早晨，当她睁开眼的时候，突然发现自己竟拥有了一副完美的身材。

眼看着女儿成天沉浸在自己的幻想里不能自拔，婷婷的妈妈非常着急。

这天，婷婷放学回家。妈妈对她说："妈妈今天送给你一个神秘礼物，

包你喜欢！"

　　婷婷匆忙跑回房间，只见四周的墙上都装上了巨大的玻璃镜，俨然一间迷你练舞房。婷婷兴奋地马上开练，却发现镜中的自己行动笨拙，蹦不动，也旋不转，真的就是一只"大肥鸭"。

　　真实的自己在镜子里一览无余。

　　转身，婷婷在桌子上发现了一个笔记本，上面整理了自己所有的作品，扉页上是妈妈送给自己的一句话："如果你因失去了太阳而流泪，那么你也将失去群星。"

　　细细翻阅，婷婷莞尔一笑："我写得还蛮不错的嘛！"随即又补上一句随感："爱的，不一定要有；有的，就好好去爱吧！"

还你一生笑容

吴杰

在美丽的西子湖畔，一位年轻的女子独自坐在湖边长椅上，望着波光粼粼的湖面发愣。

她失恋了，四年的感情付诸东流，美丽的爱情之花枯萎凋谢，她也想竭力从绝望中挣脱出来，可失恋对她的打击实在太大了。她无助地站起身，挣扎着向湖边走去——她要一死了之。

就在她闭眼之际，一位男子优美的歌声突然传入耳际："再没有恨，也没有了痛，但愿人间处处都有爱的影踪……"她转头一看，一位英俊的男子正向自己走来，他似乎没有注意到她的存在，径直来到长椅边坐下，欣赏那矗立在夕阳中的雷峰塔。

女子犹豫了，心中竟怨恨起上苍来，怎么连清净地去死这个小小的心愿都得不到满足呢？女子回到长椅边，也坐了下来。

那位男子还在轻声吟唱李宗盛的《真心英雄》。她以前的男友也喜爱这首歌，触"歌"生情，女子的心碎了，她泪流满面地对身边这位素昧平生的男子说："把你的肩膀借我靠靠，可以吗？"男子略带欣喜地答道："可以呀！"就这样，女子依偎着男子的肩膀，一任痛苦的泪水恣意流淌。

这感人的画面定格了许久。后来，女子的眼泪流干了，她拭着哭红的双眼对男子说："真不好意思，借你肩膀这么长时间，我该拿什么还你呢？"男子望着女子，轻轻地说道："你真漂亮，认识你这么久，可你就光顾着哭，希望下次见面时，你能用你美丽的笑容还我。"

女子怯怯地说："还会有下次吗？"男子坚定地答道："会有的，因为你还欠着我一个笑容呢！"女子笑了，男子也笑了。

当晚，男子在日记中写道："今天遇见一位美丽的女子，她似乎想自杀。我本想她万一跳下去，我就去救她，可她最后没有跳。于是，我借给她一个肩膀，真希望下次能见到她脸上绽放笑容！"

女子在日记中只写了一句话："我不能死，在这个世界上我还欠着一位好心男子一个笑容呢！"

多少年过去了，男子和女子始终没能再见面。

女子现已成了一个可爱的女孩的妈妈。女孩常说："妈妈，你笑起来真美！"

S 的梦

S的愿望是去趟韩国。

她从很早开始就想去韩国，并且随着时间的流逝，这种向往日渐加深。

她是很瘦的，有刘海遮住她的前额，一看会觉得是个乖乖女。而她的性格却像假小子，活泼乐观，而且学习成绩很好，她的父母也没有对她管得太严。按照他们的说法是：应该给孩子多些自由。

她的家境是可以满足她去韩国旅游的，可是她的父母却没有答应。自由的她为此很受挫。

她的父母见她是那么想去，终于答应下来。附加条件，期末要达到预定标准。以她的成绩是很容易的，不出意外韩国是去定了。她也知道，所以她非常高兴地在她那张堆满韩语书的床上蹦跶。她说，我要再学学韩语。她的韩语已经非常棒了。

期末考试后，我陪着S拿着成绩单回家。不出意外她达到了预定标准。所以她才蹦着走，一路都在给我宣传韩国的知识。

回到家，她极速冲向正在聊天的父母，把成绩单很激动地摊开，说："爸，妈，我考到了！考到了！韩国哦，不许反悔！"

她的妈妈却想转移话题，但是被S看出来之后，好像非常艰难地想说什么话。"这个，S啊，韩国恐怕是去不了了，我们给你报了补习班。"她妈妈最终还是说出来。

我已经能猜到S会有什么反应了。果然，"什么——你反悔！啊，我的韩国！"说着就生气地甩门把自己关进房间。看到她好像哭了的样子，我赶快追上去。她给我开了门。

还真是哭了，而且哭得很伤心，还迅速抽着纸巾。

"真是！不是一次两次了，为什么每次都把我耍着玩？"听着她别扭的话，很不好受。"确实不能反悔啊！他们怎么说的？""说不给我报补习班了，就去韩国，结果现在成这个样子！"她很受伤地吐苦水。果然还是不愿意跟父母吵架，就在这里跟我诉苦。我也只能把纸巾递给她，然后陪她说话。

第二天，我又见到了她一脸阳光灿烂，根本不像昨天那个打电话跟我继续诉苦并痛哭的人。

"怎么，恢复了？"

"是啊，我又回来了！"

"没事？"

"没啊。我们已经谈好了，下一个假期，如果考好了照样去韩国！"

"什么？不怕再被骗？"

"不会的，我相信他们。"

阳光很随意地洒在她的帽子上，她笑得异常开心，真的很少看到她笑得如此不同寻常。

是啊，不管怎么样，她还是相信了。她总会去韩国的。

（指导教师：陈建微）

你是我的亲人

吕传丹

　　在这个世界上，与我毫无血缘关系的人，却是我最亲的人。

　　在我三岁那年，由于家中添了一个小弟弟，我的亲生父母嫌我是个女娃子，狠心抛弃了我。我在饥寒交迫下，头晕眼花，浑身无力，昏倒在马路边。当我吃力地睁开眼睛时，已到了一个陌生人家里，躺在一张温暖的床上。原来，一个四十多岁的大伯见我趴在路边的草丛里，奄奄一息，就把我抱回了他家。他给我喂了一些米粥，我才慢慢醒过来。我醒来后并没有和他说话，只是好奇地观察着周围的一切，我看到床边放着许多好吃的东西。大伯见我醒来，脸上露出慈祥的笑容。他用一双温暖的大手握着我的小手，关切地问："小姑娘，你的爸爸妈妈呢？"一提起爸妈，我既伤心又气愤，眼泪禁不住扑簌簌地往下掉。大伯见我很伤心，似乎明白了一切。他不再追问什么了，一边用手擦掉我的眼泪，一边对我说："孩子，别哭！我也没什么亲人，从今往后，你就是我的亲闺女！只要有我一口吃的，也就有你吃的！"

　　此后，我便和大伯生活在了一起，大伯家境虽然不大好，但他从来没有让我受过委屈。有点什么好吃的，他总是首先满足我；逢年过节，他自己不买新衣服，却总要给我买上一套。大伯平时常常教给我一些处世待人的方法，使我懂得了一些为人之道。他对我非常好，但从不溺爱我。记得我读小学三年级的时候，有一次，因一点小事我和邻居家的小胖起了纠纷，小胖骂我是没人要的野孩子，我非常生气，打了他一巴掌。他的妈妈就去向大伯告状，大伯当着邻居的面狠狠地训斥了我一顿，说我不该动手打人，要我向小胖认错并道歉，之后还罚我对着墙壁站了大半天，午饭也没给我吃。当时我真的恨死大伯了，我不明白他为什么要偏袒别人，我越想越气愤，整整三天没和大伯说话。直到后来大伯向我道歉，并对我讲了一大堆与人为善的道理

095

第五部分　就是爱的香味

后，我才原谅了他。现在想起来我真后悔，大伯其实什么错也没有啊！

时间过得真快，转眼我和大伯已经生活十二年了。今年我十五岁，已经是个乖巧懂事的中学生了。和大伯在一起的日子，我觉得很幸福。我计划靠自己的勤奋努力，考上大学，将来找份好工作，然后好好地报答大伯的养育之恩。可没有想到，今年暑假的一件事情打破了我平静的生活。我的亲生父母竟然找到大伯家里，要求带走我。当时，老实巴交的大伯选择了沉默。我认为，父母的要求完全是无理的，因为他们在我小时候就抛弃了我，实际上等于放弃了对我的抚养权；现在看到我已经长大了，忽然又良心发现似的来要我。我当然也知道大伯的心情，这么多年来，含辛茹苦地抚养我容易吗？他对我付出的太多了，肯定舍不得我走啊！但他又不想让我为难，所以大伯最后让我做出选择。当面对十多年未见的亲生父母时，我的感觉是那么的陌生，内心没有一丝温暖和兴奋，倒有一些怪怪的感觉。母亲似乎看穿了我的心思，一把将我拉到墙角，眼睛红红地对我说："小丹，你已经长大了，有判断事情的能力了。也许你不愿意回去，可至少你应该回去看看你的亲奶奶啊！她现在得绝症卧床不起了，整天念叨着你呢！她已经支撑不了几天了！"说起奶奶，我儿时的印象还比较好，记得她有了什么好吃的，总是舍不得吃，偷偷地给我留着。听说她病得这么重，我决定回家去看看。

回到那个已经陌生的家，顾不上听妈妈假惺惺的关照和絮叨，我径直来到奶奶的病榻前。奶奶已经憔悴不堪，她拉着我的手，不禁老泪纵横，颤抖着对我说："小丹啊！我们对不住你啊！……"我的眼泪像决堤的洪水一般奔涌而出。我嗫嚅道："奶奶，我不怪您……您放心，我和大伯生活得很好！我只希望您好起来。"奶奶高兴地点点头，说道："傻孩子，奶奶老了，不中用了。只要你好，我就放心了。"

告别奶奶，当晚我就回到了大伯家——不，我的家。当我从院子的后门走进家时，暮色中，我隐约看见大伯那孤单的身影，原来他正坐在门槛上，望着我离去的方向，默默地抹眼泪呢。我这才想到，走时忘记给他解释了，他肯定以为我不回来了，所以伤心难过。我决定逗逗大伯，便悄悄地从后面走近他，然后猛地蒙住他的眼睛。呀！我的手上抹了一大把泪水，只好把手松开了。大伯看见我又奇迹般的出现在他面前，顿时转悲为喜，他孩子似的笑着，那张布满皱纹的脸，正像一朵盛开的秋菊……

我们对视着，笑着，良久，大伯才轻轻地问我："小丹啊，你不要你父母了吗？"我看着大伯的脸，认真地说："爸爸，我是您的闺女，您永远是我的亲人！"

（指导教师：王代福）

倾国倾城

左思达

四月，散了春意，消了芬芳，取而代之的是连绵不断的战争。

将军府内雅曲悠悠，歌曰："北方有佳人，绝世而独立，一顾倾人城，再顾倾人国。"娇柔欲滴的乐调似乎要抚弯那两排威武的兵器——铜铸铁打的锋利摆设。无心供将军取乐，我舞动的身姿渐渐沉重起来。

我本是忠良之臣家的闺秀，因佞臣诬害，遭满门抄斩，后被收留在将军府内供人取乐。将军迷恋我的容颜，整日饮酒作乐。任战事渐紧，将军也无心应战，称病在家。我的身体里流淌着忠良的血，可我只是一个弱女子，怎能做得了将军的主？将军府内依然歌舞升平……

将军终于倒在自己的府里，醉死在酒桌前。战争的阴霾也许要吞噬掉这座孤城，我心忧愁。

不久，我被转送至皇宫，得到天子的宠幸。宫内朝外，我看透了这红尘世道：天子不理朝政，大臣争风吃醋，贪官横行，佞臣当道，腐败的气息臭不可闻。这肮脏的宫廷难道只是历史长河的一星污迹？我轻歌曼舞："山外青山楼外楼，西湖歌舞几时休？"长叹一声——虽惊不得天下震，却也舒得女儿一口气！

转眼冬尽春来。一年一度灯火会的来临，使压抑在亡国气氛下的京城恢复了星点生气，但这点生气仿佛能被一口气轻轻吹灭。官府贴出"与民同乐"的公文。

一汪明月夜，华灯溢彩，灯火会依旧像往年那样热闹。只见东边群影中闪出一条彩龙，翻江倒海，呼风唤雨。西边又捧出一群舞灯狮，冲天怒吼，盛气凌人。正北五虎相争，爪蹄相交，纹黑皮黄。而城墙上挂着的一圈彩灯却在一阵北风中摇曳，似乎要被吹灭了。

南边有天台，看似错乱的绿灯火簇拥着一赤红的莲花灯。站在台上，我只身轻唱："滕王高阁临江渚，佩玉鸣鸾罢歌舞。画栋朝飞南浦云，珠帘暮卷西山雨。闲云潭影日悠悠，物换星移几度秋。阁中帝子今何在？槛外长江空自流。"

龙颜大开，称我为"绝代佳人"，文武百官纷纷赞扬不迭，远处周围呼声成片——举国为我倾倒。

我噙泪望北，一盏孔明灯缓缓升起。我想：这些腐朽之人气数已尽。苍天啊，怎会有这么一帮无耻之徒！区区女子能做点什么？——就让我使那城不为城，这国不成国。让这般倾国倾城的容颜，埋了那城，葬了这国吧。这是我的错么？

一声炮响，霎时万箭齐发，百姓四散逃离。百官惶惶然若落网之鱼。城门不攻自破。都结束了，我用鲜血涂红了唇，再次吻了吻这被践踏的国。一激冰凉渗入脑际……我的灵魂缓缓升向一个纯洁的香甜的梦……

国，倾了；城，摧了。曲终人散，好一个"倾国倾城"啊！

（指导教师：米小刚）

099

第五部分　就是爱的香味

希 望

王国锋

你问我为啥像吃了"喜米豆"似的高兴，告诉你吧，上学哩！"希望工程"救了我，我又要去读书了，咋能不高兴呢！

我家就在山那边，天天见山，天天上山。很小很小的时候，爹就告诉我，山外还是山，他这一辈子都没能走出山去。爹是石匠，又高又壮，走起路来噔噔噔，山都颤了。每当看到悠悠的白云飘过，喳喳的小鸟飞过，我的心就像被云驮了去、被鸟叼了去，好空好空，山外边到底啥样子呢？

后来从山外面来了一位老师，连婶子大娘们都说他喝墨水多、学问大。他说，山外面还有一个好大好大的世界，有好多好多新奇的东西。他讲的那些名堂，我都听愣了，一会儿上天，一会儿入地，真美气。他还给我们上课，教我们认字。他说这就是知识，谁学会了就可以走出大山，找到美好的希望。听老师讲山外的故事，就是饿着肚子，我心里也是热乎乎的。

日子很难熬，没吃的，娘又病着。爹犟得像山，从不张嘴求人，只会皱着眉头，闷坐在娘床头，旱烟一锅接着一锅，不多说一句话。我要去上学，爹的脸色很难看："锅里没啥下，你娘还病着，还识个啥子字，不顶饥不顶渴！"我给爹跪下，娘也求，爹撂出一句比石头还硬的话："不中就是不中！""我要学知识，我要到山外去！"我争辩着。"啪"的一巴掌，我哭了，爹愣了。他嘴唇哆嗦着，一转身，拎起了铁锤、钢錾，吼一声："走，上山！"

我跟在爹身后上了山。爹的手艺很好，干活又肯出力，打出的石墩人们抢着要，可挣回来的钱却怎么也填不满娘的药罐，家里三天两头断顿。干活的当儿，我老怕铁旦、石头他们拿着知识找希望走了。一不小心，一锤砸空，捎着了手指头。血流在钢錾上。爹心疼得不得了，急忙拽了几棵刺角菜搓成蛋儿，挤出些绿水滴在血口子上，痛得我直龇牙。爹又烧了些套子灰，给我按在伤口处。看着爹那皱巴的脸、弯弯的腰、失神的眼，我又怯怯地说："爹……我还想……去学哩。"爹抬眼看看我满脸的汗道子，摸着我的头说："娃，爹咋不想让你上学呢，可上学得交钱呀。""答应我吧，爹，就再去一次！"爹没再吭声，一锤一锤地敲，满山都是锤声，敲得我的心好疼好疼。

回家后，我去看老师："老师，我白天打石头，晚上跟你学，行不？"老师掰开我尽是血泡的小手，怔怔地望着，眼眶湿湿的："孩子，回来吧，有人给咱邮来钱了。"看我发愣的样子，老师笑了："团中央发起了'希望工程'，专门救助失学儿童，咱乡把你的名字给报了上去。山外一位好心的爷爷愿意供你上学，你可要争口气，好好学，将来走出大山，找到希望。"听着听着，我的眼泪扑簌簌落了下来。

爹是个硬汉子，从没见过他流泪。当我蹦跳着把好消息说给他时，爹却像个孩子似的哭了起来："好娃子，跪下，咱得给远方的恩人磕个响头。天无绝人之路，有人惦着咱穷人哩。咱不能白用人家的，爹明天上山挣钱还。你要不好好读书，咱就对不起人家这份情呀！"我朝着山外磕头，泪珠掉在额头磕响的青砖上。那晚，我做了个梦。梦里，老师牵着我的手，爬上一座又一座大山，顺着老师的手指，我看到了希望。

我这就去上学，老师等着哩。咋，你说我人小，走不出这山。不诓你，我不光要走出去，还要把外面的世界搬回来呢。

断翅的纸鹤

唐 茜

　　玫儿是一个非常沉静的女孩子。她最爱折纸鹤，一边折一边哼一曲《千纸鹤》，一张方形的纸片在她手中上下翻飞，不一会儿，一只精巧的纸鹤就出现了。她相信一个古老而美丽的童话：折出整整一千只纸鹤，心中的梦想就会变成现实。

　　玫儿的手指轻轻滑过一页页日历，她看见了自己做上记号的日子，那是妈妈的生日。玫儿想送给妈妈一千只纸鹤，让妈妈许一个愿望，生日那天许愿一定再灵验不过了。玫儿不迷信，但玫儿相信千纸鹤。

　　玫儿开始折纸鹤，她喜欢用洁白的纸来折，白色的纸鹤圣洁而高雅。玫儿还做了一个精致的礼盒，礼盒是紫色的，梦幻的色彩。紫色的礼盒，洁白的纸鹤，真是绝好的搭配。玫儿满心等待着妈妈生日的到来。她想着那一天，妈妈将会怎样惊喜啊！她想象着妈妈的脸上会溢出满足而幸福的笑意，默默地许着愿，淡淡地说一句"乖女儿"，玫儿就觉得自己是世界上最幸福的人了。可自从爸爸妈妈离婚以后，妈妈就再也没有那样欣慰地笑过。即使玫儿从学校拿回一张张奖状、一张张高分的试卷，她也只是露出勉强的笑容。玫儿真的好渴望妈妈幸福。

　　一只、两只、三只……玫儿轻轻地数着，眼里闪着喜悦的光。明天就是妈妈的生日了，玫儿的纸鹤也快完工了。紫色的礼盒里呆着九百九十只纯洁可爱的纸鹤，还差十只。玫儿坐在床上，她折纸鹤的功夫已经达到炉火纯青的地步。玫儿的手指快速地运动着。最后十只纸鹤终于叠好了，玫儿把它们放进礼盒里。一千只纸鹤安静整齐地排列在盒子里，银亮亮的。玫儿激动极了，她想妈妈明天能很幸福地微笑，很快乐地度过生日了。玫儿十分爱惜地盖上盒盖，舒心地笑了。玫儿看一眼钟，时间还早，她准备温习一下英语再睡，正要拿英语书，门"咔"的一声开了，玫儿抬起头与妈妈的目光对视。

妈妈的手上有一杯牛奶，散发着浓浓的乳香，显然是端来给玫儿喝的。玫儿很感动，她想妈妈是爱她的。她突然发现自己手上还拿着那个礼盒，她慌了，她想说什么，可说不出，手一松，礼盒"啪"一下掉在地上，盒盖被弹开了。柔和的灯光下，紫色梦幻的盒子中，纸鹤喷泉般一拥而出，纯洁的白色四面飞溅，铺了一地。玫儿愣住了，妈妈的眼里由吃惊转为失望："我还以为你在学习，没想到你竟玩纸鹤！"玫儿望着妈妈，想申辩却不知怎么开口。"我给你冲牛奶，关心你，你却背着我玩……"妈妈越说越气，索性蹲下来用力地撕纸鹤，美丽的纸鹤化成了碎片。玫儿没做声，她一点也不怨妈妈，一点不怨。她只是伤心地想，明天是妈妈的生日，而自己的礼物却没有了。妈妈撕完了，又拿扫帚扫。玫儿静静地看着妈妈，觉得心里空空的……

玫儿突然看见墙角还躺着一只没被妈妈扫掉的纸鹤，它的一只翅膀被撕掉了，玫儿望着断翅的纸鹤，睫毛黑黑的、湿湿的。她又哼起了那首《千纸鹤》，泪珠随着歌声静静滑落……

（指导教师：吴春跃）

第六部分

让我陶醉的"天堂"

洒满阳光的马路，像一条波光粼粼的河流，从远处流到脚下，又流到缥缈的远处。不时有车辆呼啸而过，车顶上的阳光，像雪山上下来的圣女，跳着欢快的舞，又像盛开在车顶上的金色花，尽情地绽放。我伸出手臂，摊开手掌要和它们打招呼，手掌上却像开放出一朵灿烂的花儿，嘻嘻哈哈地玩弄着，挠得我手心痒痒。我捏了拳头，阳光从拳头缝里溢出来，拳头就一下子沐浴在透亮的瀑布里。那瀑布的喧嚣极像人群的呼吸——无论是被厚实的棉衣包裹着的，还是将风衣敞开扬起衣角的，都汲取着冬日的阳光，释放出温暖的能量。

——阎梦园《冬日的阳光》

遥望星空

艾 宁

晴朗的夏夜，繁星点点。

我和哥来到这里观星。

这的确是个好地方，摆脱了都市的嘈杂，逃离了世俗的浮躁。这里宁静，虽然漆黑，但不空虚，因为我已经用我的心感受到了这里的一切：花草在我脚边轻舞，小虫子们在我耳边低吟，空气中弥散着大自然最真最纯的气味，这不就是人们所说的"天籁"？

"哥，这里真是太棒了！"我说道。

"是的，我对这里老有一种感觉，但总又说不出是什么。"哥说道。

"依恋？痴迷？……"

"嗯，都有点儿——喂，快看天上！"哥叫道。

哇！星空，多美的星空！那闪耀的珍珠，静静地、自然地洒在那深蓝的天幕中，从天的这边一直延伸到天的尽头，深邃、神秘。

"当我第一次来到这里时，遥望这星空，它是那么恬静，那么安详，我都惊呆了。"哥深情地对我说。

啊，神秘的星空，和谐的星空，究竟是什么让你令人无限向往呢？

"你知道它为什么具有如此魅力吗？"哥问。

我抬头想了一会儿，无言。

"因为它有规则。"

"规则？"

"你不觉得吗？瞧，那北边最亮的是北极星，它旁边有六颗星和它组成了'北斗七星'，它们和别的星星组成了大熊星座，还有那边的仙后座，这边的狮子座……"哥边指边说，"这颗星连着那颗星，那颗星又连这颗星……这样周而复始的组合，就成了这魅力无穷的星空。"

看似杂乱无章的东西竟会有如此严密的内在联系，这不正是它会散发出如此巨大魅力的原因吗？我更惊叹于哥那敏锐的观察力和严谨的思维能力。

"你觉不觉得这星空就像我们人？"哥突然问我。

"像我们人？唔……"我疑惑了。

"其实每个人在星空中都能找到一个属于自己的星座。这里面看似没什么，其实深奥得很。"哥停了一会，又说道，"万物总是循着大自然内在的规律而生死存亡，更何况人呢？"哥说道，我似懂非懂，觉得他的话中有难以琢磨的哲理。

我凝望着星空，看着那闪烁着的繁星，思索着、体会着。

每个人都有他自己的生命轨迹和生活环境，只有睦邻友好，才能相安无事。虽然大家各自都以自己不同的方式生存在这个世界里，都以不同的姿态展示着自己，但只有协作互助，才能交相辉映，才能营造出一个和谐、美妙的星空。正因如此，才使万物得以在这个世界里繁衍生存并散发着无穷魅力，我和我哥，和这些在我们身边的小精灵们，和这无穷的星空不正是如此吗！

是啊，人与人如此，人与动物、人与自然又何尝不是如此呢！

遥望星空，遥望着这神秘的星空，我正感悟着一种耐人寻味的生命真谛。

（指导教师：何祖俊）

107

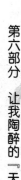

千年乌江土家情

张 楠（土家族）

如果说贵州思南是一块碧玉，那么土家风情便是镶嵌在这块碧玉上的一颗璀璨的钻石。

你看——

一群憨厚的小伙。

夕阳印下纤夫的古铜色，乌江的清风吹来了渔舟唱晚。他们捋起衣袖，卷起裤腿，从淳朴中走来，从淳朴的千年乌江的碧波里走来……

一群灿烂的姑娘。

夕阳挂上绯红的酒窝，飘动的土家花衣，就像竹林晚风吹起的晚霞霓裳。她们盘起秀发，舞动花扇，从清纯中走来，从清纯的千年乌江的碧波里走来……

一群活泼"垂髫"。

夕阳响起银铃般的笑声，河边的涟漪吹起牧童的短笛——土家的小后生，翘起羊角辫，光着小脚丫，从稚嫩中走来，从稚嫩的千年乌江的清波里走来……

一群鹤银"黄发"。

暮霭吸吮着旱烟，乌江的历史、土家的今天蕴涵着他们的青春。伛偻提携，络绎不绝，他们从积淀中走来，从积淀厚重的乌江的历史里走来……

多美的土家画卷！小桥流水的人家，烘腊肉的白烟，打花甜粑的响声，煮米酒的香飘，祭猪头的鞭炮，贴楹联的喜庆，唱花灯的兴致，舞龙灯的淋漓。土家人趣生了！情长了！心悦了！

不信？你听——

唱花灯的，生情了！"……情哥原来半点不差，哥在外面倒好耍，妹在房中守灯花。"自由的青春之声，动人心魄。

跳花灯的，忘情了！一男二女的"双凤朝阳"，二男一女的"双狮戏球"，一男一女的"鲤鱼戏水"……幺妹扎假辫，包头巾，着花裙，右手执绸边花折扇，左手执彩巾。干哥反穿皮袄，扎腰带，瓜皮帽子头上戴，右手执彩巾，围着幺妹转。两人相互旋转唱跳。干哥的妻子纵是在旁边瞪眼，也只有干吃醋的份了，幺妹的相好自然也只有干着急了。因为，花灯让他们忘情了。

　　闹花灯的，狠命了！隆，隆隆，隆——隆隆——隆……锵，锵锵，锵——锵锵——锵……震撼！烧灼！威风！这是土家的汉子在搏击在呐喊！这是土家的汉子在旋转在升腾！乌江河畔"不过寨，不过坡，不过界"的花灯规矩，使这鼓声、锣声、呐喊声无拘无束地奔放在土家人的天空，犹如滔滔乌江——执着地摆脱，执着地奔腾，执着地向前……

　　美哉，千年乌江！美哉，土家风情！美哉，土家人的幸福生活！

（指导教师：邵振中）

109

第六部分　让我陶醉的「天堂」

赶歌节

黄智慧（苗族）

俗话说"六月六，晒红绿"，很多地方都把这一天当作晒衣服的好日子，但松桃苗家的六月六却与众不同。

在松桃，苗家人把农历六月初六这一天称为"赶歌节"或"情人节"，在苗语中叫"朗岱芒"。每到这一天，成群结队的苗族男女穿着节日盛装，喜气洋洋地汇集在歌场。伴随着喧天的锣鼓和轰鸣的礼炮，在飞舞的礼花中，苗家人载歌载舞，尽情地释放着积蓄了一年的情感。现场犹如欢乐的海洋，悠扬的歌声把那醉人的旋律传向远方。

一对对情人唱着古老的歌儿，给整个盛会增添了欢乐的气氛。

瞧！男子身着蓝色布衣裤，朴素大方。女子的服饰则华丽多彩：头戴银制凤冠，雍容华贵；额前流苏低垂，不经意间显出女子的娇羞；脖子上挂着缀满了银片的项圈，银片晃动，流苏轻摇，美不胜收；衣服上有精美的刺绣花和淳朴的蜡染图，再加上手足间佩戴的叮当作响的银饰，让人都不知先看哪儿好了。

"阿妹呦——"一声洪亮的歌声在上空响起。原来是苗家小伙开始向苗妹子发出邀请，期待得到她的青睐。而苗家姑娘是绝不会轻易表露自己的心思的，她也用歌声来了解男方的情况，希望能找到心中的如意郎君。就这样，一问一答，歌如泉涌，源源不断。底下的观众也不时发出欢呼声。"阿妹呦——"观看的人群中也传出一声。大家一转脸，原来是一个汉族小男孩，在学苗家小伙歌唱，惹得大家开心大笑。旁边的中年妇女害羞地拍了一下小男孩的脑瓜，似乎在埋怨他不该这样调皮。

此时整个现场充满着浪漫的气息，当然这些还不够。

类似"上刀山，下火海"的惊险场面更是让在场的每一位观众都感到惊心动魄。踩着锋利的刀梯向上攀行，又从烧红的铁犁上走过，一双赤脚却丝毫无损。这就是被称为"上刀山、下火海"的苗家傩技绝活。如果不是亲眼所见，很难相信这是真的。傩师每踩一步，观众的心都要随之紧张一下，而傩师却始终镇定自若。惹得场下观众赞叹不已、掌声不绝。

还有汉族的脱口相声、土家的摆手舞、侗族的芦笙舞……把欢乐推向一个又一个高潮。这哪是苗家人的节日，这明明是各族人共同欢庆的节日！

夕阳西下，"赶歌节"也降下了帷幕，但那醉人的旋律还在苗家山乡飘荡，还在人们耳边回响……

（指导教师：陈幸）

111

第六部分　让我陶醉的『天堂』

紫薇花开

王 露

初夏时节，人们还在对春天的芳菲念念不忘，紫薇却已悄然绽放。

我很喜欢紫薇，因为它的花期很长，从初夏到盛夏，都肆意烂漫着，开得不计成本，摇曳多姿，用绿荫和芳香陪伴人们度过一年中最热的时段。

小区的院子中就有一排紫薇，靠东边的院墙边，并排五棵，均高丈余，枝叶婆娑，清一色紫红的花。紫薇花很精致，花瓣的形状像兰草的花瓣，由从花苞向上伸出来的细茎支撑着。我数了一下，大部分都是六片花瓣，六根细茎。六个花瓣紧密匀称地在花苞上方呈倒锥体排列着，让阳光能畅通无阻地照到花苞中央。如果取一朵举在手上细看，宛如一只小巧的紫色降落伞。我想，这也许是童话中的花仙子飞天巡游乘坐的，有多少朵花就该有多少个花仙子降临人间。它的存在为这钢筋混凝土的世界增添了一丝生气。

紫薇的花真不该用朵来计算的，一小朵一小朵密密匝匝地挤在一起便成了一个花球，花球中还有数不清的花骨朵含苞待放，许多花球彼此相拥便成了一树，一树树左右相连，又成了一排。风吹树摇，花潮涌动。眼前的紫薇花，听风低语，自开自谢，绽放着属于自己的那份执着和美丽。

紫薇是珍贵植物，生长在大山深处，在春夏之交感恩般拼命拔节生长，导致它的主干因变粗而把去年的树皮蜕下。推陈出新，是生命的象征。当我把一段段飘摇欲坠的树皮轻轻揭去的时候，我的手情不自禁地触到顺顺滑滑的树干，我感到我抚摸到它鼓胀的脉搏和一种生命的质感。当雨季来临的时候，地下的水分由发达根系吸收经树干送到顶部，天上的雨水也附着在枝叶和花瓣，使它的花色深深浅浅起来，晶莹剔透，具有一种朦胧的美感。由于负荷加重，它的树干弯曲如一张张箭在弦上的弓；当雨过天晴时，它抖落身上的水珠，又挺立如初，宛如出水芙蓉般娇艳动人。

我常去紫薇树下的花径漫步，稀疏的花瓣从头顶飘落，它们带着对生命的深深眷念，去寻找另一种归宿。正如有一首歌里所唱，"一朵花儿开就有一朵花儿败"，我不太欣赏"西风昨夜过园林，吹落黄花遍地金"，那样太凄烈；也不太欣赏"花自飘零水自流"，那样太孤单；也不太喜欢"无可奈何花落去"、"小园香径独徘徊"，那样太伤感。我喜欢昨夜稀疏的花径，那紫薇花淡淡的香，营造出的淡淡的氛围，使得人的心情也文雅、淡定。

第六部分 让我陶醉的『天堂』

冬日的阳光

阎梦园

　　我爱阳光，特别喜爱冬日的阳光。她不比春阳那么慵懒，不像夏日那么狂热，不似秋阳那么炫耀，她是一年四季中最温暖的回忆、最烂漫的希望。

　　站在萧索的天地间，偶尔有阳光从云缝里投来温柔的一瞥，迎着她温柔的目光朝天宇间凝望，脸庞被那目光撩得微微发热。你闭了眼睑，就有一挂橘黄的帘子从天上垂下来，帘子上有微小的云雾在漂游，像已经沉睡的记忆遇到了光和热的惊扰，袅袅地蒸发。

　　走在小路上，路旁的枯草被我的脚一惊动，就有温热从草的缝隙里渗透到草根以至于土地里，草儿们就抖擞地打个激灵，恋恋不舍地收拾起缠绵的梦。僵硬的树枝虽然被阳光暖酥着皮肤，却撒娇地搭在眼睑上，依然不肯把手臂从厚实被子里伸出来。走到略显开阔的地方，发现阳光倾泻在自己的头发上，几乎变成了满头金发。我一走动，一束耀眼的精灵就在我的发梢上变幻着神奇的形状，像一枚魔幻的发夹，在随时收束我的长发。我把头发一甩，晶莹的碎珠从肩上滚落下来，散落了一地，我不敢举步，生怕踏碎了满地的阳光。

　　洒满阳光的马路，像一条波光粼粼的河流，从远处流到脚下，又流到缥缈的远处。不时有车辆呼啸而过，车顶上的阳光，像雪山上下来的圣女，跳着欢快的舞，又像盛开在车顶上的金色花，尽情地绽放。我伸出手臂，摊开手掌要和它们打招呼，手掌上却像开放出一朵灿烂的花儿，嘻嘻哈哈地玩弄着，挠得我手心痒痒。我捏了拳头，阳光从拳头缝里溢出来，拳头就一下子沐浴在透亮的瀑布里。那瀑布的喧嚣极像人群的呼吸——无论是被厚实的棉衣包裹着的，还是将风衣敞开扬起衣角的，都汲取着冬日的阳光，释放出温暖的能量。

坐到窗前，摊开纸，提起笔，要记录刚才的感受时，阳光投射在稿纸上，在笔尖聚成一个金色的焦点。我凝神片刻，挥动笔尖，一束阳光，像春天开放的花儿一样，跃然纸上。

第六部分　让我陶醉的『天堂』

雨　季

沈　博

　　雨，是那样的恬静安宁，似乎在诉说着人间缠绵的情意；是那样的纯洁柔美，使人在缭乱的思绪中，能寻找到几分沉静；是那样的晶莹无瑕，挥洒着浪漫的旋律，给人间增添了几许不可玷污的圣洁与美；是那样的诗情画意，使人的心平和而宁静。我喜欢雨，喜欢雨季的连绵。在雨中，一切都无比洁净。琉璃屋瓦显得更加透亮，花草树木更是生机勃勃，荡漾着的碧水在雨雾的缭绕下显得更美，能给人以无限遐想……雨水洗净了灰尘，使空气分外清新，卷着青草、泥土的芳香，空气就活泼了似的。雨，总是落在季节的灵魂里。

　　春雨，是细腻的，流畅的，撒播着绿的点点滴滴，拨动着春的那鲜活的旋律，缓缓地，轻轻地，滴落在地上。那细雨坠地轻微的"啦啦"声，格外好听，不觉妖艳，不觉骄慢，只觉一种和谐之感荡在心头，唤起人们青春的梦！似乎，仅是春雨，就把春的一切美感给我们展现得淋漓尽致；似乎它能打开我们心的枷锁，使我们敞开封闭的心灵世界，毫无保留地对它畅所欲言；它滋润着大地，滋润着人们的心田。

　　夏雨，总是夹杂在热烈的风中袭来，奔放而豪迈。散落的每一滴雨点，都充满着激情，充满着疯狂，充满着无所畏惧，充满着勇猛顽强。它们迅速地落下，迸发出铿锵响亮的坠落声。那声音充满了阳刚之气，并且韵律十足，暴烈的节奏，孕育着勇猛的火焰。有句俗话——"水火不容"，而夏雨正是雨水与烈火的有机结合，把柔和与刚烈的气息完全融合在一起。它就像一个坚实的臂膀，在无形中给予你力量，给你以奋斗的动力。嘿，无束缚的感觉真棒！

　　秋雨，连绵不断，在枯枝落叶的陪衬下，如泣如诉，使人黯然神伤。然而，秋雨像是一杯陈年美酒，只有去细细品味，方可享受其中蕴涵的幽香。

它像是一声遥远的笛音，能勾起我们无尽的回想，追忆那如风往事；像是叠叠乌云中逃逸的一缕阳光，能给我们带来一缕温馨，一缕希望。秋雨，下吧！下出农民的好收成，下出金色的辉煌！

冬雨，毫无生气地，冷漠地，从云中挤出几滴干瘪的雨滴，为自然界抹上了浓重的一笔。冷，冷得没有鲜艳的色彩，冷得没有激越的氛围，冷得没有光彩的生命。风，打着呼哨，冷飕飕地刮来刮去，还是一片冷的死寂。雨滴打在了梅花上，令我想起毛主席的一首《卜算子·咏梅》："风雨送春归，飞雪迎春到。已是悬崖百丈冰，犹有花枝俏。俏也不争春，只把春来报。待到山花烂漫时，她在丛中笑。"我的心豁然开朗了。与梅花一样，冬雨也是送冬迎春的使者，为冬季增添一些淡淡的生机——也是仅有的生机，我们在冬雨中期待的也只是一声鸟鸣，或是接替它的一场春雨……

雨，总是漫步在心灵的沟壑，渗透到纯美的境界。雨，总是带着它那特有的气质，迂回在世间的每一个角落，耕耘着心的田地。雨，总是那样的朴素，毫不奢华，披着透明的外衣。渐渐地，雨停了。只见几片叶上残留的雨露，就是那雨飘洒的痕迹……

117

心中的瓦尔登湖

俞疏影

观望，黄浦江边人头攒动，繁华拥挤；呼吸，南北高架尾气弥漫，车水马龙；倾听，地下列车呼啸而过，风驰电掣。上海，这个国际化都市，似乎变得愈来愈匆忙。曾几何时，我观戏一般看着大人们忙东忙西，颇多轻蔑。如今回首，自己又何尝没有陷入这打仗似的繁忙生活，犹不自知！

单调的生活早已让心灵麻木，而真正的觉醒是在一个阳光明媚的夏天。

那是我第一次回合江城（四川省合江县的县城）——母亲的家乡，因为外公过世。葬礼那天，母亲几近崩溃，我无措地立在一旁，不知该如何安慰。父亲郑重地凝视着我说，你要坚强。我明白他话中的深意，我们的坚强，是支撑起母亲的力量。然而，八九岁的孩子，如何能够镇定地面对死亡？我开始怨恨，怨恨这个世界，怨恨它夺走了我亲爱的外公，伤害了我善良的母亲。我勉强忍住不断外涌的泪，打过招呼，抢步出了灵堂。一路狂奔，也不知奔了多久，停下来的时候，才发现视线所及，江水无语东流，恰逢日落。

太阳仿佛一位垂暮之年的老者，敛去了灿烂的光芒，尽显龙钟之态。它缓慢又无奈地沉下江去，只留下漫天绯色的残霞。我感觉无比凄怆，蓦地嚎啕大哭起来。发泄完了，心中郁结消散，终于想通。夕阳西下，明日还会升起。外公虽然逝去，但他仍然活在我的心里，而母亲，她一定能坚强。

翌日，晴空万里。我再次来到日落的旷野，那里原来是一大片浅滩，既没有缤纷的贝壳，也没有细若流水的白沙。在我昨天所处位置的不远处，一排排塑料桌椅沿着江岸七零八落地摆着。人们三五成群地围坐在桌子旁，观江，喝茶，聊天。往后一点的沙地，被大大小小的露天摊贩占据着。糖浇的饼、泥捏的娃、小碗盛的豆花、大锅烧的凉茶……每个摊位前，都三三两两聚着人。没有林立的高楼，天蓝得纯粹而清明。

到了晚上，我跑到江边坐海盗船。不知是否有错觉，那船似乎荡得要高出水面许多。深蓝的天幕与墨黑的江水远远相接。我半仰着头，微眯着双眼，任额前吹散的碎发飞扬，眼眶里徘徊的泪水风干。在辽阔寂静的天地间，放飞心情。

这种远离了浮躁喧嚣，自由而朴实、惬意而悠闲的生活很快稀释了我的忧伤。有那么一刻，我甚至想永远滞留于此。但我有我的牵绊，我有我的责任，它们都在城市，我无法逃避，无法像梭罗那样，建一座木屋，幽居瓦尔登湖畔三年光阴。

于是，返回上海，继续我日复一日的生活模式。直到今年我重新踏上那片土地，企图寻找埋藏心底的那份美好时，才痛苦地发现，它已经随着那年的夏季一同凋零消逝了。钢筋水泥霸道地占据了大部分的旷野，天空染成了高楼的颜色。那年那时的感觉，再也体验不到了，唯有心中的珍藏，积成一汪清澈的瓦尔登湖。

以后的日子里，我常常怀念那江滩上的市井，那田埂旁的村庄。每当我沉迷于槐树的四月飞雪，陶醉于鸟雀的清晨脆啼，或是对黄梅季的细雨一见倾心，对蔚蓝色的天空发呆时，那熟悉的恬淡总会袭上心头，泛起一湖的涟漪。也许，我所拥有的瓦尔登湖与梭罗所拥有的不尽相同。然而，它们同样纯净美丽，同样宁静祥和。

（指导教师：张一萍）

119

第六部分　让我陶醉的「天堂」

让我陶醉的夏天

向雨凡

走过了金黄的秋天，走过了雪白的隆冬，走过了满野葱绿的新春，季节终于为我送来了夏天，送来了让我期待已久的火红盛夏。一踏进夏的门槛，我的心都醉了。

我喜欢夏天的雷雨。几声巨雷从天而降后，炎炎的闷热与干燥顿时溜得无影无踪。雨后天晴，空气中充满了宁静，弥漫着泥土的芬芳，真是舒畅至极。偶尔天空中还挂上一道彩虹，赤橙黄绿青蓝紫，七种色彩将这雨后的大地装扮得格外精美。等你饱尝这七彩风光之后，它才会慢慢逝去，给你留下那一片令人遐想的深蓝天空。

我喜欢夏天的知了。中午人们大都睡了午觉，知了们悠闲地躲在树叶里长鸣，它们的奏乐，给午间平添了一份和谐。此时外面成了孩子们的天堂。邀上几个要好的朋友，去湖边划船游泳。荡呀，游呀，冲啊，洗啊，逗啊，咯咯的谈笑声划破天际，当然还有那永不停歇的知了声。要是到了莲花开放的时节，那"接天莲叶无穷碧，映日荷花别样红"的美景，更会美得让你不想离开。

我喜欢夏天的斜阳。人们虽然光着膀子，可身上仍淌着汗水。在谈笑风生之中，也许会悄悄地掠过一丝晚风，虽说带着暑气，却也使人凉爽了不少，惬意得让你都不想回家。斜阳温和地把最后的几缕金光洒入湖中，一丝一丝，映红整个湖面，正是"半江瑟瑟半江红"。随着水波的动荡，水面泛起一缕一缕鱼鳞般闪亮的金花，晶莹透红。望着那美景，夏天的炎热消了一大半。

我喜欢夏天的夜色。盛夏的夜晚，躺在院里的竹床上，倾听着虫子们的鸣叫，倾听着风吹动树叶传来的"沙沙"声，倾听着屋外潺潺的流水声，这是最美的自然乐章，难怪古人说"蝉噪林愈静，鸟鸣山更幽"。仰望苍穹深处那一颗颗闪烁着的美丽的星星，看着半空中萤火虫那荧荧的光芒，你会醉在其中。

夏天，虽然会带给人炎热，但留下更多的是欢乐、温馨、宁静与和谐。我爱夏天，我陶醉于夏天，我陶醉于夏天的一切。

121

第六部分　让我陶醉的『天堂』

在江南摇一把橹

郭米娜

让风吹醒迷离的江南，让我在江南的风中摇一把橹，但别让荡开的乌篷搅醒流水人家的梦。在江南的风中，我摇一把橹，荡进烟雨濛濛的水巷，和着远处飘来的低沉箫声，我与乌篷就在这孤寂的雨中徘徊，将重重的心事都锁进江南的闺阁，将温婉与安详揉进一圈圈的涟漪中，吟着小曲，将我的柔情摇进乌篷的沧桑。斑驳的船漆记载着多少年历史沉浮，低矮的船舱承载着多少江南独有的韵致，微颤的船舱曾抚平过多少人矛盾的思绪，在这里，只有我一个，静静地在水乡中荡着，听着吴音软软的歌谣，看着薄雾下纤细的柳条，不忍惊醒枕着春水睡着的才子佳人们，更怕扰乱他们剪不断理还乱的情思。

在江南的风中，我摇了一把橹，不小心惊动了恹恹春困的江南。她笑着，头上的玉钿也随着微微地颤动，这就是初春的江南，披着一身薄纱就翩翩赶来，只是为了欣赏袅袅婷婷的曼舞轻歌，却见是轻巧地绕过王谢堂后的园林，反而走入隐蔽的小户人家，苦苦寻觅着下一个西子，暗忖着不久后的落幕。

刚刚在烟雨中化开的薄暮，就像婆娑起舞的韶华，只有精描细画才能绘出那与众不同的精髓。在水乡中起舞，映着潋滟的波光，就当这是瑶池，挥一挥衣袖便有一番情思，一并抹去那浮浅的荣华，只留一阕浅浅的歌，让它在圈圈的涟漪中回环，听起来就像在灯火阑珊处吟唱。

在江南的风中，我摇了一把橹，载着化不开的情结，在薄雾中，不知所向，弃了船，上了岸，踏上了潮湿的春泥，让脚尖也嗅一嗅这早春的花瓣，轻轻推开吱呀作响的木门，抬头便嗅那初绽的青梅，拂袖而过，只肯把暗香留入囊中。脚下的青石板也被雨水冲刷得退了色。走近那藏青色的墙壁，让指尖划过那长长的裂痕，难道不是荏苒的时光匆匆走过的痕迹？古朴的庭院中充盈着难以言喻的韵味，一点点渗透进我的心。

坐在门槛上，我静静聆听，聆听那位老者在乌篷船上拉二胡，聆听那淅沥的小雨敲打井壁的叮咚声，聆听那行踪不定的游子的心声。

轻轻地关上身后的木门，不愿打扰水乡的美丽，又回到乌篷内，摇橹，却再也荡不出这心灵已紧紧依偎的地方。

（指导教师：龚春来）

第六部分　让我陶醉的「天堂」

让我陶醉的"天堂"

徐 玲

许多人向往喧闹的城市，他们醉心于大城市的繁华和热闹。但"众人皆醉我独醒"，我偏爱宁静的乡村。

我爱乡村，因为它宁静而淡远，因为它纯洁而美丽，因为它……

不必说粗糙的石拱桥、高大的梧桐树，也不必说低矮的瓦房、无垠的棉田，单是窄窄的水田间就有无穷的乐趣。

每到夏天，当最后一缕余晖从天空消失的时候，青蛙们便开始了又一场联欢晚会。有的高亢激越，有的低沉迂回。有独唱、对唱、领唱，还有气势雄浑的大合唱，那声势，真正是"听取蛙声一片"哩。

那一座座掩映在夜色中的农家小院，又呈现出另一番风景。大人们手拿蒲扇，坐在院子里纳凉，他们吸着旱烟，说着闲话。你听，"哧——"一道火光映亮了主人的脸，旱烟的红光时明时暗，一股浓烈的烟雾从鼻孔中逸出，和着屋顶的炊烟，田野林间的岚烟，弥散在田园上空。

淡淡的月光渐渐地朦胧了青蛙的欢唱、小虫的唧啾和鸟儿的呢喃，也朦胧了纳凉者的眼，朦胧了他们身上一天的疲乏与困倦。扇儿轻摇，火光微闪，烟雾袅袅，一串串俗言俚语带着泥土的芬芳随风拂来，那浓浓的田园风味沁人心脾，一种温馨闲适在心底潜滋暗长……

起初，孩子们还静静地依偎在大人的身上，睁着圆圆的眼睛，好奇地瞧着周围的一切。望着天空中东一颗西一颗的星星，不知要哪一颗更好。月宫里的吴刚怎么老是砍不倒那棵桂花树？那弯弯的月亮咋那么小气，谁指了它就要割谁的耳朵？天河那么浅，为什么牛郎和织女总跨不过去？好端端的月亮怎么会长毛？更奇怪的是它老爱跟在人屁股后追，你走它也走，你停它也停……种种的疑问塞满了他们的小脑瓜，问大人吧，回答照例是"等你长大就知道了"。于是疑惑中又增加了一个愿望，恨不得自己立刻就长大。

渐渐地，孩子们待不住了。管他孙猴子有多会变，多会翻筋斗，也不管青面獠牙的妖怪多吓人，更不怕"熊外婆"了，一个个从大人身边溜走了，聚在一起，寻找他们的快乐去了。不一会儿，竹林里、院坝中，荡起了孩子们欢快的笑声，一漾一漾的。

　　怎么样？乡村的美够吸引人的吧！想必你已经因它的美妙而心醉神往了。

第六部分　让我陶醉的「天堂」

第七部分

真正的财富

　　大自然给了玫瑰娇艳欲滴的花朵，却也使它浑身长满了刺，让许多人不敢接近；大自然赋予了昙花绚烂多彩的姿态，却只给了它仅仅一瞬的生命，让人惋惜不已……大自然确实赋予了万物两个极端，但是它自有它的道理，就像丁香一般，只有最苦的树，才能开出最香的花，而我们，切不可因为尝到叶子的苦就忘了嗅一嗅花的香。

　　　　　　　　　　——雷于蔸《最苦的树，开最香的花》

最苦的树，开最香的花

雷于蕨

一场酥雨过后，丁香会在一夜间开得满树锦绣。柔柔的、紫色或洁白的花瓣簇簇相拥，如雾如烟，迷离朦胧。偶有微风袭来，密密匝匝的丁香悄悄散发的香味会漫溢得很远很远，沁人心脾的感觉，只一点点，便给午后炽热的城市平添了幽然的清新与舒畅。它努力地灿烂着，花枝恣意地伸展着，一缕缕香味渗透开来，缠绕、环抱着我们整个身心，让人像是浸润在音乐里，抑或是沐浴在飞泉下。的确，丁香花是最香的，可是你尝过丁香的叶子吗？那种苦涩几乎可以使你味觉麻木。极香与极苦，两种极端有机地联系在一起，这不能不说是大自然的杰作。

大自然给了玫瑰娇艳欲滴的花朵，却也使它浑身长满了刺，让许多人不敢接近；大自然赋予了昙花绚烂多彩的姿态，却只给了它仅仅一瞬的生命，让人惋惜不已……大自然确实赋予了万物两个极端，但是它自有它的道理，就像丁香一般，只有最苦的树，才能开出最香的花，而我们，切不可因为尝到叶子的苦就忘了嗅一嗅花的香。

一个人行走在旅途上，总是有障碍的。一道栅栏挡住了他前进的方向，一座山峰遮住了他头顶的蓝天，于是他茫然失措，停滞不前。他看不到缠在栅栏上的藤与花的活力，看不见山峰背后风景如画的草原，他不懂得大自然造物的规律。大自然总是给予万物两个极端，也许在失败与困难之后便将迎来成功与收获。事实上，我们的失败并不全来源于生活，很可能大部分来源于自身——只有当我们自己停滞不前时，大自然才会收回失败的另一面。

曾有一位生命垂危的病人写道："我想放弃生命……但我又小心翼翼地守护着它，就像守护一簇小小的火苗，不让它熄灭，我要让它燃烧得更旺，照亮我的天空。"当她面临狂风暴雨时，她以顽强的毅力和斗志与风雨搏斗。她成功了，当她尝到丁香叶的苦涩后，也终于嗅到了丁香花的清香。

大自然在创造万物时早已告诉我们：面对失败时，永远不要放弃，因为在它后面很可能就是成功。失败后的成功，才是真正的成功。

　　是啊，失败往往来源于我们自己的停滞不前。让我们跨过栅栏，越过山峰，寻找自己的成功。朋友呵，最苦的树开最香的花!

第七部分　真正的财富

真正的财富

曾倩华

百花说："财富是永不凋零的花瓣。"杨树说："财富是一年四季的常青。"雄鹰说："财富是矫健强壮的翅膀。"有了健康，才有花枝招展；有了健康，才有四季常青；有了健康，才有翱翔天际的英姿。

健康是人生的第一大财富。陆游在《病起书怀》中虽有"位卑未敢忘忧国"的志气，然而那缠身的疾病是他为国效力的一大阻碍。"人比黄花瘦"的李清照，也总为自己瘦弱而叹息。失去了健康，仿佛失去了支撑生命的强韧的骨骼，这就像受伤的雄鹰，即使有再远大的志向和抱负，也只能站在高峻的山岭，想象着翱翔的雄姿。

然而，失去了健康，就等于失去一切了吗？当然不是！人生的财富是由多种要素聚集起来的。当上天对某人不公，残酷地夺走他的健康时，你能说他的生命就毫无价值了吗？当霍金坐在轮椅上时，当海伦面对一片漆黑时，当邰丽华生存在无声世界里时，当谢坤山的身体残缺时……如此多的人，他们失去了健康，但他们拥有的是另一种同样重要的财富——那就是教育。即便上天对他们如此残酷，他们仍用坚强的信念去笑对人生。他们认为人类的进步是以文化为载体的，于是霍金在轮椅上仍静心研究，昂然成为了科学巨匠；海伦在黑暗中仍专心学习，最后写就了她生命中的"三天光明"；邰丽华在无声世界里苦心训练，感动了全中国人民；谢坤山也在画布上与命运搏斗，成绩辉煌……是的，只有认识世界、了解世界，才能掌握自己的命运。伟人，都懂得在失去人生的一笔财富时，努力争取另一笔重要的财富。

当然，财富也可以是幸福的家庭、富裕的生活。或许这一切，都是你心中那笔更大的财富的前提吧。建立人生的幸福，不要满足于骄奢淫逸的生活享受，不要蝇营狗苟于名誉钱财，那只是富有的表面形式。真正的财富，是用健康的身体去追求人生伟大的理想；真正的财富是了解世界，接受生命的教育，掌握自己的命运；真正的财富，更是懂得在失去一笔财富的同时建立更大的财富。

珍惜你现在强壮的体魄，珍惜你现在接受的教育吧！

第七部分 真正的财富

我 能 行

曾毅舒

我坚信：我一定能行！生活也证明：我能行！就凭着这一双眼睛，这两只手，这一个脑袋。

百无聊赖的生活，枯燥乏味的学习，不近人意的成绩，变化无常的情绪——就在几个月前，我沉沉地倒下了身躯，没有范进发疯的狼狈，却满是欲哭无泪的苦楚。当迷茫的双眼再次机械地扫向《扁鹊见蔡桓公》时，我才突然清醒地意识到了自己讳疾忌医的可悲、可鄙。曾经口中的"我能行"也不过是像"寡人无疾"一样拒绝他人批评帮助的挡箭牌，冷静地思考后，我决定要做到真正意义上的"强"。于是，我开始行动，我开始变得积极主动，开始变得乐观向上。我的脑中逐渐有了欧姆定律、烧碱溶液、圆锥圆柱的存在，知识使我不再空虚而变得充实，丰硕的收获告诉我：只要努力，你一定能行！

是的，我能行。追忆小学时期，体育课上练习仰卧起坐，笨拙的我只做三四个就不行了，于是回家使劲地练习，直到腹部疼得走不了路，姥姥姨姨们都劝说不是那块料就放弃吧，但我坚信我能行，再疼再累也坚持练习，半个月下来，我不但达标，而且还得优秀。我终于证明给家人：我能行！

也记得，小时候学写毛笔字，书法老师的家人对爸爸说："干脆别让她学了，这孩子，屁股挨不了椅子十分钟，学书法肯定不行的。"打那以后，我开始控制自己，开始忍耐把一篇大字练完后才起来，开始把老师讲的"信心、耐心、细心、恒心"偷偷记在小本子上。终于，在那个收获的秋天我捧回了师兄弟师姐妹们中最耀眼的那份荣誉证书，看吧，我能行！

瞧啊，这样的一幅画面，一个刚刚学会走步的孩子，他拱动着身子艰难地爬上了一个台阶，慢慢地，他颤颤巍巍站了起来，挂着泪珠的脸上洋溢着胜利者灿烂的笑，呵，那小孩不正是我吗？

　　凭这一双眼睛，这两只手加这一个脑袋，只要努力了，坚持了，我一定能行！

（指导教师：李秀华）

133

微笑的魅力

宿正文

　　它，像一个精灵，遍及世界各地，不论炎炎烈日还是冰天雪地，它都坚定热烈地绽放着，时而绽放在孩子的酒窝中，时而绽放在老人的皱纹里；它的身影可以跨过高山，飞越海洋，出现在地球的每一寸土地上；它产生于刹那之间，却可以定格成为永恒；它不会因为你富甲一方而不需要它，也不会因为你一贫如洗而不能拥有它；它是一种不用翻译的全人类通用的世界上最美的最简单易懂的语言——它，就是微笑。

　　微笑是盛开的鲜花，招人喜爱，富有魅力。

　　英国诗人雪莱说："微笑，实在是仁爱的象征，快乐的源泉，亲近别人的媒介。"微笑是人际交往中最佳的通行证，它可以缩短人与人之间的距离，沟通彼此的心灵，使人产生一种安全感、亲切感、愉快感。当你向别人微笑时，实际上就是以巧妙、含蓄的方式告诉他，你喜欢他，你尊重他，他是一个受欢迎的人。这样，你在给予别人好感、温暖与鼓励的同时，你也就赢得了别人的信任、尊重和喜爱。

　　微笑是心灵的阳光，给人温暖，增添力量。

　　无论你是经受着风吹雨打，还是沐浴着阳光雨露；无论你是已攀上了成功的顶峰，还是被困于巨谷的深渊，生命的微笑都将洒遍每个角落，为你送上一方晴空，驱走你心底的阴霾，感化潮湿的心情，抹去不悦的色彩，用热情融化所有的冷漠，在你心里留下一条奔腾的河，用五彩斑斓的颜色点缀你充实的生活。生来既聋又盲的海伦·凯勒早年生活在与常人隔离的孤寂境况中，正是莎莉文老师的微笑和教育，使她感受到了阳光般的温暖，睁开了心灵的眼睛，走出了黑暗与寂寞，使她被授予美国公民最高荣誉——总统自由勋章，并被美国《时代周刊》评为20世纪美国十大英雄偶像之一。

　　微笑是扑面的春风，让人感觉温馨，精神振奋。

满脸冰霜给人感觉冷如寒冬，面带微笑给人感觉温暖如春。可以肯定，当我们看到真诚和善意的微笑时，我们的心灵会绽开一朵玫瑰。它可以化解令人尴尬的僵局，化干戈为玉帛，化乖戾为祥和，化腐朽为神奇；它也可以使人和人之间变得更友善，使世界变得更温馨。

　　争当微笑的使者，播撒微笑的种子，用微笑表达情感，用微笑传递友谊，用微笑传播文明。

（指导教师：赵俊辉）

倾听是一种爱

冯思斯

有一篇名叫《应当培养孩子的自理能力》的文章，文中这样写道："读小学的时候，由孩子自己上学、回家，只给他一些必要的费用，很少接送。有时候他回到家里，我和他父亲都不在家，就让他自己解决吃饭问题。我们只给他一些零用钱，让他自己计算着用。衣服我们洗，有时候也让他动手去洗。正是由于在生活自理方面的有意识培养，现在孩子基本上对我们没有依赖心理了，几个星期不见面都没啥问题，很多事情都是他自己面对、自己处理。"

可能在某些人眼里，这位家长的做法并没有什么不妥。或许，他们可能还挺羡慕这位家长的——可以不管孩子穿衣，不管孩子睡觉，不管孩子吃喝，腾出时间来做自己的事，甚至可以"几个星期不见面都没啥问题"，多好啊！可我不知道，这些家长是否真的用心为孩子考虑周到了。每天大部分时间孩子都与父母分离，到了晚上，又时常"自己解决吃饭问题"，孩子一天遇到的成功、失败、惊奇、痛苦，能到哪儿倾诉？吃饭是为了填饱肚子，可它的作用就仅仅只是填饱肚子吗？我经常在餐桌上向父母倾吐我一天的所见所闻所思所想。如果某一天回到家父母都不在，家里空无一人，我会感到很失望；如果天天如此，我觉得已经失去了回家的意义，家已不再是"家"了。"几个星期不见面都没啥问题"——这位家长到底对自己的孩子了解几分，有如此十足的把握说出这样一句话！也许这个孩子与其亲朋好友在一起，也许是一人独守空房。如果是与亲朋好友在一起，孩子是否厌烦过：我有我自己的家，为什么要把我放在别人的家，给他人增添麻烦？如果是一个人，时间一长，父母回不回家与孩子又有何干系？相反可能还会不适应。我说的是我的理解，或许这个孩子并未感到不妥，或许是我自立性太差了。但如果我遇到这样的情况，我会觉得不公平。

我的母亲常说我讲话吞吞吐吐，可她也不想想这是为什么。她的心情时好时坏，心情坏的时候，我的每一个行动她都看不顺眼，跟她搭话简直是自讨苦吃。可这时候，实在是不说不行，她又准没好脸色给我看。于是，在她面前，我自然而然养成了说话小心翼翼的习惯，生怕刺激她。特别是在留日期间，妈妈因为刚到，没什么朋友，也没有工作，在家里闷久了，脾气变得更加古怪，动不动就拿我出气。我知道她孤独，可我又何尝不是呢？我耐不住了，索性跟她大吵一架，彼此三天没说话。有时候跟她闹了别扭，我就想：真想现在马上长大，赶快远离她，越远越好；有时候跟她有了矛盾，我又遗憾地想：我不该跟她吵，难道当我年迈之时要怀着没能与母亲沟通的内疚来回忆自己的少年时代吗？终于我忍耐不住，哭着把自己的无奈说了出来。结果，我看到在母亲的脸上写满了惊讶、迷茫。她显然不知道我内心的苦闷。之后，母亲的态度渐渐好多了。我觉得当时如果我不说出来，继续忍耐，就不会让母亲转变。

　　是的，倾听是一种爱。让我们耐心倾听父母的絮语，也请亲爱的父母倾听一下子女的心声。在彼此交流的时候，爱会把理解送来。

137

爱人与爱己

王建玉

当今社会，是一个提倡以人为本的社会，国家教育部在新的《小学生守则》中甚至已取消了"见义勇为"的条款。

曾经听说一位山沟里的村委书记，他以平凡的一生做出了不平凡的贡献。他英年早逝，四十多岁便死于癌症。他心中装着全村的人，唯独没有自己和家人。记者到他家中采访时，看到的一切使人心中有一种莫名的痛，他家竟然还有一面"墙"是用木板做的，家里连坐的地方都没有。

我总觉得，这种伟大的背后，隐藏着一种人性的危机。他不应该把早期癌症拖到晚期，以致家人发现时已无药可救；他不应该把分到家中的那点少得不能再少的救济款，再全部分给其他农户；他不应该……也许，他有太多的不应该，但又不知让人从何说起。如果他早把癌症说出来，也不至于英年早逝，或许，他还可以有更多的时间去为村民做贡献。我并不赞成他所说的"我要用有限的生命去做无限的事情"。生命既然有限，你为什么还要缩短？你要为村民多做贡献，你就必须拥有时间，拥有生命。

现在，如果有天堂的话，他或许已进入天堂。但他的遗孀和一个未成年的儿子怎么办？一贫如洗的家，还不是要靠乡邻和政府救济。也许你会说，凭他生前的功德，他的家人应该获得救济，但他已逝的生命又有谁能来挽回呢？

甚矣，汝之不惠！

我曾在公共汽车上看到这样一幕情景：一位老奶奶座位边上的车窗玻璃坏了，她又看不见，风吹着雨丝打在她的身上，这时售票员撑起一把伞挡在窗子上。但她因为要售票，神情略带一丝焦急，一位小伙子看出了她的心思，接过伞。一会儿，小伙子到站，另一位乘客又接过了那把伞……

我也想接过那把伞为老奶奶"护航"，但我刚要伸手，伞已经到了别人手里。我想，那把伞的温度一定很高，因为它凝聚着大家的爱。

但那些帮助老奶奶的人却没有一个自始至终"护航"，他们到了站便下车，没有人因为要帮助那位老奶奶而错过下车的机会。我想，如果老奶奶知道有哪位热心人要自始至终为她"护航"的话，她也一定会因为心存不安而婉言谢绝的。

"爱人"是帆，"爱己"是船，只有彼此推动和支撑，才能使爱心常存，爱意永驻。

走进网络新时代

徐　倩

　　站在新世纪的阶梯上，我们正迎来一个崭新的互联网时代。回首人类文明的发展轨迹，如果说，铁器掘开了农业文明的沃土，蒸汽机牵引了工业文明的列车，那么，互联网的长风，又将我们推上信息的新时代。

　　网络已不仅仅是一种技术。像其他任何革命性的发明创造一样，它已成为一种革命、一种创造神奇的力量。从它诞生的那一刻起，我们整个社会的经济、文化等各个方面都无可逃避地因之发生着改变。

　　网络带来的机遇是前所未有的。财富在快速积累，新旧产业在高速融合，科学技术突飞猛进，人类生活日新月异……这都要求我们不能坐失良机，要抓住机遇，与时俱进。

　　网络带来的冲击也是未曾遭遇过的。其影响不仅为普通人始料不及，而且也令理论家们捉襟见肘。旧的竞争规则正日趋瓦解，传统经济学正面临修正，金字塔式的社会正面临挑战……这都要求我们未雨绸缪，仔细研究，从容应对。

　　面对互联网时代的到来，世界各国都已纷纷行动，掀起了网上"圈地运动"。那些速度不够快的人，只能跟在别人的屁股后面，接受别人制定的游戏规则，为每一条迟到的信息、每一件过时的产品，付出的不只是金钱的代价。

　　也许你会认为，网络的发展只是国家应该考虑的问题，对于为生存奔波劳累的百姓来说，无关痛痒，无足轻重。其实不然。如果说在工业时代，人们因是否占有资本而被分成了"有产阶级"和"无产阶级"，那么，在互联网时代，人们则很可能因占有信息的多少而被分为"知识阶级"和"无知阶级”，或者“信息富人”和“信息穷人”。

因此，有人说，21世纪“不在网上的都是穷人”，这绝不是危言耸听。朋友们，让我们在正确思想的引导下，走进这个全新的网络新时代吧！

141

论 早 恋

安 璐

在中学生群体里，早恋已成为一种司空见惯的现象。正因为大家习以为常，才让人感到情势可怕。大多数学生都有随波逐流的心理，看到同龄人和"心爱的他（她）"幸福地在一起，自然会萌生羡慕，这种羡慕如果把握得不当，便可能坠入感情的漩涡。

虽然早恋很诱人，但只要我们有一颗懂得自控的心，便不会被其玩弄于股掌之间。曾经认识一个念高中的姐姐，她的英文很好，成绩在全校名列前茅，她最大的愿望便是出国留学。一次，这个姐姐在网上认识了一个美国男孩。经过长期接触，她对这个男孩萌生好感，但她清楚地意识到，如果现在自己对感情不加节制，就会对自己今后的发展带来负面影响。于是姐姐经过深思后作出了自己的决定。她对那个男孩说，她现在这个年龄不适合谈感情，她希望等彼此都长大了，拥有独立的经济基础后再考虑。我由衷地敬佩这个姐姐，其实，那时她已经是一个成年人了，但她还是选择了放弃。爱恋上一个人非但没有成为阻碍她前进的障碍物，反而变成了她日后发展的动力。这一切，都是因为她的睿智。

可是如今有多少人拥有这样睿智的头脑呢？在我们身边仍然上演着一出出令人痛心无奈的故事。有一个女孩，脑子里终日装着有关异性的话题，在她眼里已将谈恋爱当成儿戏。老师家长苦心的劝告她充耳不闻，以致成绩直线下降，还要面对周围舆论的压力。还有一些人表面看起来很"甜蜜"，其实内心结满痛苦的果子。他们一面要忍受长辈的白眼，一面还要承受恋人给予的痛苦，这难道是一件好事？

其实对异性产生好感并非坏事，我们没有必要压抑这份情感。我不确信少年时期萌生的好感，是否是人们所说的爱情，但我确实希望这种情感能朝好的方向发展，而不是发展成早恋。

另外，我还要谈谈规劝的问题。一些家长十分宽容开放，但更多的家长好像特别神经质。孩子稍微有点异常的举动，便会将其与早恋扯上关系，这对我们来说是很不公平的。当老师家长发现孩子早恋后，往往采用思想教育法，也就是一天到晚在我们面前"唠叨"早恋的危害，希望我们早日回头是岸。其实，当今时代的中学生思想并不单纯，因此凭借重复的几句话就想让我们改变初衷，这显然是行不通的。但转念一想，现在除了这还有什么更好的办法？或许，让中学生亲身尝试"苦果"，也不失为杜绝早恋的一个方法吧。

143

说 选 择

丁 程

选择从何时开始？是普罗米修斯盗的神火，还是精卫衔木石填的东海？其实，这些都只是传说，是人们幻想与希冀的集合与延展。

人生是选择，历史就是一幅幅选择变幻着的场景。

班超，这个充满爱国主义情感的东汉外交家，一生有过两次重大选择。他年轻时为了养活老母而为官府抄文书，但他的理想在战场上，于是，一有机会他便毅然投笔从戎。后来，东汉政府派他出使鄯善国，以恢复和西域地区的交往。面对鄯善王的怠慢，他意识到北匈奴使者也到了鄯善国。这样，摆在他面前的就只有两条路：一是坐以待毙，听凭鄯善王将他交给北匈奴使者，二是主动出击，入匈奴营杀死北匈奴使者。班超选择了后一条路，率其随从入匈奴营杀了北匈奴使者，使鄯善王只能一心同汉和好。面对沉重的选择，班超选择了最优的，从此，人们记住了他。

然而，也是选择，汪精卫面对日军的猖狂却低头了，成为世人唾弃的卖国贼。又是选择，他身后走出了个王义涛。面对妻子被国民党抓去的现实，他选择了敌人，放弃了红军，出卖了党。他们的选择，都是为了个人利益，多么卑鄙。

同样是选择，班超令人激动，汪精卫、王义涛令人痛心。然而，一个民族要站起来，"汪精卫"和"王义涛"阻止得了吗？在他们身前身后，一批革命战士选择了为民族的解放而奋斗。在这些战士身上，选择的真正内涵得到了深刻体现。正是他们，创造了中国现代史上一个有着划时代意义的起点。就在这个起点上，又走出了一批优秀的中华儿女。

王运丰，内燃机工程专家，当听到新中国成立的消息时，他舍弃了在德国的优厚待遇和舒适的工作条件，毅然回国，把全部身心都投入到祖国的建设上。而"文革"期间，他却被当作"里通外国的特务"。在这种情况下，他仍以祖国的利益为重，为国家挽回了巨大的经济损失。在这里，我看到了最崇高的选择。这种选择，就是不管在任何情况下，个人利益都要服从祖国利益。这种选择，正如这句话：从哲学意义上说，选择并非或此或彼，可以颠来倒去，恰恰相反，它必须是最优的，因而也是唯一的，是别无选择的选择。

这也是选择的深邃内涵。

透过历史，我看到的正是这种选择，而做出这种选择的人，已被写进中国历史的长幅巨卷中。而那些选择了个人利益的人，必将受到社会的唾弃，永远成为历史的罪人。

第八部分

邂逅千年的圣洁

　　瀑布溅起的水花使空中雾气茫茫，人立在观瀑台上，就像立于牛毛细雨中，周身清凉湿润，十分惬意。在这里，听不到人讲话，也听不见动物的喧闹，只有雷鸣般的水声充满耳际。瀑布激起的山风夹杂着水滴，吹得人睁不开眼。然而，凭着触觉、听觉和嗅觉，你可以静静地感觉到水珠飘到脸上、身上，那么清凉，让人每一个毛孔都舒张着，与大自然融为一体。我静静地陶醉着，山中树木、泥土的清香，瀑布、清风的甘甜，一齐涌来。

——李毅然《九寨沟游记》

古镇情韵

蔡文星

　　暑期的一天，我离开了喧闹的城市，来到历史悠久、位于苏州城东南的江南古镇——周庄。这里是中外游客旅游的热门目的地，也是我国重要的影视拍摄基地。

　　漫步在周庄，我仿佛穿越了时光隧道，远离了现代大都市的尘浪，进入了古代。这里的一切都显得清醇幽静、古朴典雅，令人陶醉于其中。

　　周庄保留着明清时期的宅院建筑，如沈厅、张厅、迷楼等。它们造型不一，沈厅被设计成一个罕见的"走马楼"，张厅有着独特的窗、柱、巷弄和南墙，而且水楼交融，小河边，柔柳拂着水面，真是妙哉！迷楼原是一家出名的酒店，地处小桥流水、富于诗情画意的闹市之中，窗外波光桥影，舟楫往来，这里如诗如画的风景使得"酒不醉人人自醉，风景宜人亦迷人"，迷楼正因此诗句而得名。在众多古朴的建筑中，形成鲜明对比的是水中佛国——南湖中的全福讲寺：整个建筑布局结构严整，殿宇轩昂，黄墙黛瓦，雕梁画栋，蔚为壮观，绿阴苍翠，碧水曲廊，拱桥倒映，真是风光无限！

　　周庄不仅是一个古镇，而且也是一个名副其实的水镇。那挨挨挤挤的民居簇拥在水巷两岸。河面上，时而有农家人摇着橹的小船儿缓缓地来来往往，还有的小船静静地停泊在岸边。河道上，横跨着一座座石拱桥。石拱桥上的藤蔓在水巷里摇曳，绿得如碧玉似的河水缓缓流去。在众多拱桥中，双桥最能体现古镇神韵。在绿树掩映的小河边，一群水乡女子在河边洗着衣服，碧澄澄的河水映着她们的笑脸，荡漾着她们的欢声笑语，也荡漾着捶衣板拍打衣服的"啪啪"声。

　　周庄古镇的民俗风情是周庄的最美之处。一曲悠扬动听的琵琶声把我引入了周庄的深巷。我边踩着青石板铺就的街道，边聆听着民居楼中传出的水乡姑娘轻柔婉约的评弹，沉浸在幽谧的气氛中。小巷两旁的建筑更是令人感受到了古镇的悠久历史与魅力。各种红柱黛瓦的民居楼古朴而略显陈旧，许多镇民在小巷内开的小商店、小酒楼和小茶楼，造型别具一格。写着"酒"、"茶"的黄底红字的幌子在朱红的屋檐下飘荡，格外引人注目，店主用吴侬软语热情地招揽着客人。在深深的小巷中，还有许多民间艺人。瞧，这位神采飞扬的绣娘，手拿绣面，飞针走线，正在刺绣"牡丹图"。在她身后，一幅幅绚丽多彩的刺绣作品针路细密、天衣无缝，赢得了游客们的一致好评。随着"叮叮咚咚"的敲打声，我们来到了铁匠的铺子，他深深地埋着头，正在制作"青松图"，十分认真，竟没有发现我们的到来。不一会儿，作品一气呵成。哇！青松刚劲挺拔，比例得当，精工细作，我们都交口称赞。在这美景如画的周庄，当然出好画啦！画室的一位老先生，正戴着老花镜，绘着水乡女子在双桥下轻船摇橹的情景，意境优美，栩栩如生。

　　周庄，如一颗璀璨的江南明珠，散发着迷人的光芒；周庄，如一幅水粉画，充满着诗情画意与浓郁的水乡特色；周庄，如一支古老的歌谣，可以让人们欣赏历史的遗韵，探究民俗民情的渊源，觅得一份野趣，使浮躁的心灵复归宁静；周庄，如一坛醇香的佳酿，让你品尝后，回味无穷……

149

古城赏菊

钟 好

古城的11月，是菊花绽放的时节。古城东门外金凤广场，举办了盛大的菊艺博览会。

广场上人潮涌动，摩肩接踵。举目望去，五颜六色的菊花竞相开放，美不胜收。我似乎融入了花海之中。深秋的阳光下，那瓣瓣的花拢成一朵，数十朵连成一团，一团团涌成无边的菊海，真是"不摇花已乱，无风花自飞"。用鼻嗅着，空气里弥漫着菊的清香，有几分暗香盈袖的感觉。菊乃花中隐逸者，人们自古爱菊。唐代诗人元稹在诗中写道："不是花中偏爱菊，此花开尽更无花。"

人在花中走，花在眼中收。花枝有的丰满，有的灵秀，有的纤细；花形有的尽展芯蕊，有的含苞欲放，有的羞涩半掩；花色有的白似雪，有的黄如金，有的红成火，有的翠像碧玉。它们的名字也很有趣，如"国华冲天"、"暗得疏影"、"泉乡水昌"等。有位女同学指着一朵紫黑色小菊，笑着说："这一朵纤巧柔和，像林黛玉，有几分弱不禁风的感觉。"另一位男同学调皮道："这几枝彩色的，飘飘欲仙，像嫦娥奔月。"

那边一角，是插花展示。这是艺术与自然美的结合，每件作品都反映了生动的主题。那一盆金色的菊花托着丰收的果实，不正是秋收和富足的寓意吗！还有一处，用彩菊表现2008年北京奥运，流露出中国人的自豪与喜悦之情。"小径红稀，芳郊绿遍，高台树色阴阴见。"穿过曲折的廊桥，走到两旁均是野菊的小径上，展现在我眼前的是一幅古朴典雅的画面：映花的朱阁古色古香；小径两旁幽幽的菊香沁人心脾；前方凉亭内三三两两的游人边品茶，边谈笑风生；一位小姐在抱筝抚曲，众多的游人侧耳聆听。那幽雅的乐音，和着清茶的幽香，以及我欢快的心绪，一并在暖融融的空气中散开，淡淡的，柔柔的。

前面出现土丘茂树、小桥流水、古屋水车，多么恬静的田园风情呀！莫非这就是老师说的"陶令居"？我挤到人群前，好似来到农家小院。一位老农坐在一间老屋门口，一副对联贴在门前："植菊东篱下，把酒西园中。"屋后有竹，门前有桔，东边有石磨，空地上放着竹筐和瓜果，还有篱笆边挂着的藤蔓……置身其中，让人忘却了城市喧闹，想起了陶渊明的诗句："采菊东篱下，悠然见南山。"

余辉映红了护城河水，好似浮光跃金。眼前的繁花笼罩在黄昏中。我陶醉在这菊的花海中，恋恋不舍。

身上满浸菊香，眼里满是菊影，回家再做个菊梦吧！

（指导教师：钟继明）

农家一日游

李心雨

趁着暑假的闲暇，我与妹妹辰辰来了个"农家一日游"。

一早就坐上了前往郊区的大巴。正是水稻生长的季节，从车窗向外望去，入目的是一片片绿油油的稻田，随着微风摇荡。田埂上也没荒废，整齐地长着芝麻和黄豆。空气中弥漫着一种田园特有的味道，我和妹妹心情大好。

带着这种好心情，我们抵达了目的地——预订好的农家小院。院落门口的栅栏上爬满了丝瓜藤，上面一朵朵小黄花正"招蜂引蝶"地开着。别说我用词不当，瞧这蜂儿蝶儿争先恐后的热闹，如此形容，也不为过了。已有几个小丝瓜率先露出头来，似乎迫不及待地想将这大千世界一窥究竟。

热情的农家大婶把我们迎入了干净整洁的小院，等待我们的是一席丰盛的农家饭。吃完饭后，稍微休息了一会儿，我和妹妹就到院里玩了起来。

空中有几只蜻蜓盘旋着，一下子带动了宁静的空气，也牵动了我们的好奇心。我和妹妹找了两根芦苇秆子，用细绳缠成十字形，再绑上一个塑料袋，一个简易的捕虫网便大功告成了。无奈蜻蜓飞得过高，只好将目标转向正贪婪地吸食着花蜜的一只只彩蝶。眼瞅着一只白翼粉底的蝴蝶丝毫不知危险地停在一朵芝麻花上，我蹑手蹑脚地靠近，猛地一扑，那只小蝶便困在了我的网兜之中。谁知，我刚把网兜翻过来，它便跌跌撞撞地逃走了。算了算了，也许这小精灵实在受不了塑料袋的毒气吧，绿色的稻田、金色的油菜花才是它的去处。

突然看到几只麻雀在院子里与鸡争食，便想起鲁迅先生小时候闰土教他的捕鸟方法，于是自己去找木棍和细绳，又叮嘱妹妹准备米和竹箩。准备停当之后，我们用小木棍支住竹箩，在竹箩下撒上米，紧握住绑在小木棍上的细绳，便猫在一边，静候麻雀的大驾光临。可惜这些雀儿似乎已经吃饱，根本不来捧我们的场。唉!

　　捕不到麻雀,我和妹妹便转到了后院。那里有一个大鸡窝,里面养了大大小小几十只鸡,我们便兴起了喂鸡的念头。作为两个"有责任心的厨师",我们找了一个不锈钢大碗,放入洗净的米、苋菜、虾壳和葡萄皮,搅拌均匀,拿去给鸡吃。看到它们争先恐后的样子,真是很有成就感。

　　不知不觉,天色晚了,我们的"农家一日游"也步入了尾声。然而我想,无论是我还是年幼的妹妹,长居于城市的喧嚣之中,偶尔记起这一天的农野之乐,这一天的亲近自然,都将回味无穷吧!

（指导教师：贺瑞斌）

第八部分　邂逅千年的圣洁

九寨沟游记

李毅然

几年前，我从书中知道了风景秀丽的九寨沟，就一直想去游览一番。今年暑假，我终于在父母的带领下，有幸观赏了造物主最神奇的艺术作品——九寨沟。

九寨沟的天是藏蓝色的，洁净得没有一丝灰尘。山，远远近近，层层叠叠，云雾缭绕。近的，似绿的海洋，覆盖着神秘的原始森林，青翠的山间游动着白云，像掩着面纱的藏族少女。远的，巍峨雄壮，山顶无论冬夏都有皑皑白雪。水，更是九寨沟的精华，如银练，似彩虹，将高的山林、低的沟谷装点得妖娆迷人。雪山流下的雪水汇集成的湖泊，洁净无比。深达一二十米的湖泊，如同一个晶莹的鱼缸，湖底的水草和水中的游鱼，看得一清二楚。这里的湖泊都被称作"海子"。"镜海"中有"鸟在水中飞，鱼在云中游"的奇景，天上人间，无从分辨。"卧龙海"翠绿的湖水中，果然卧着一条黄色的"长龙"。随着湖水的荡漾，长龙摇头摆尾，呼之欲出。"五花海"和"五彩池"都以水色五彩缤纷而闻名，我想天上的瑶池也不会比它们更美吧。

九寨沟最令人心旷神怡的是瀑布。牟尼沟瀑布似乎汇集了九寨沟几大瀑布之美。牟尼沟瀑布很长，我们得走下长长的栈道，走进沟里，才能一睹它的风采。当我们沿着石头和木板铺成的小路穿行在丛林中时，已听到阵阵涛声。在观瀑台，可以看到清澈的山泉渐渐汇集起来，从近百米高的石壁上跌下，像嵌在突兀的岩石中一般。由于地形的影响，这里的瀑布是层级式的，一层一层次递下落，水势也由缓到急，极为壮观。

瀑布溅起的水花使空中雾气茫茫，人立在观瀑台上，就像立于牛毛细雨中，周身清凉湿润，十分惬意。在这里，听不到人讲话，也听不见动物的喧闹，只有雷鸣般的水声充满耳际。瀑布激起的山风夹杂着水滴，吹得人睁不开眼。然而，凭着触觉、听觉和嗅觉，你可以静静地感觉到水珠飘到脸上、身上，那么清凉，让人每一个毛孔都舒张着，与大自然融为一体。我静静地陶醉着，山中树木、泥土的清香，瀑布、清风的甘甜，一齐涌来。

这瀑流最终落到下面的深潭。走到潭边，潭水打着漩儿从脚下流过。弯下腰，掬一捧潭水，只觉透心的凉，像刚融化的雪水；凑到嘴边尝一口，一阵甘甜直达心脾。

我陶醉了。这，就是我所向往的九寨沟！

邂逅千年的圣洁

蒋凌娟

细雨终于在春天临走之际，满腹犹豫与彷徨，扭扭捏捏地落了下来，淅淅沥沥，勉强滞留了青春的最后一个脚步。

没有丝毫预兆，魅惑般的，在这样一个阴雨霏霏的日子里，我幽然地靠近那已沉默千年的圣地，满腹虔诚。

孔子庙。

刚刚涉足，便被这清新得一塌糊涂的空气扑了个满怀。这沐浴在晚春阴雨之中的四合院，早已褪去了往日在苍白日光中泛出的肃穆，反而透露出一种阴柔的南方之美，典雅、堂皇、静谧，仿佛女人身上隐隐透着的香，令人按捺不住心动。这幽静得几欲令人惆怅的古庙宇，似与身后喧闹的世界完全隔绝，安静地坐落在这里，用沉默吟唱着一首首历史之歌，或婉转悠扬，或凄美深沉，似母亲温柔的手，一点点地牵引出内心纯真柔弱的灵魂，和着淅淅沥沥的雨声，起舞在这没有世俗喧嚣的殿堂。

摇了摇头，才止住这无尽的遐想。轻轻地，继续走近。目不转睛，犹如旧式放映机放映的影片，周遭的镜头被逐渐放大，然后，推至眼前，一切终于清晰可见：被雨水冲洗得发亮的青石板块，泛白的大红柱子，灌满了雨水的雨檐，陈旧的泛着青铜色泽的青瓦。这一切细微而朴实的东西，此刻却像一张张欲说还休的厚重的历史轴卷，缓缓展开，轻轻地向路人细诉着所经历的沧桑。闭上眼，顿时置身于满院的墨香之中，并不突兀，似那薄薄的油纸，氤氲的墨香则顺着油纸透过脚底而来。伸手去触摸身后的红墙，并不光滑，反而有着粗糙的质感。指尖滑过，高高低低，似老人沧桑的脸，并不华美，赫然留下的岁月的痕迹，却像一枚枚勋章，昭示当年的辉煌。

雨点顺着瓦檐滴落，滴答，滴答，仿佛永不停歇地唱着曼妙的小曲。这庄严如一位老者的庙宇，此刻正笼罩在氤氲的轻纱之中，那神秘的气息便借着这细雨更加张狂地弥漫开来。站在湿漉漉的青石上，抬头仰望灰暗的天空，那温柔的雨便扑面而来，有的滴落在脸庞，而后"嘶——"地一下溜进脖子，心底的一丝清凉油然而生，随之而来的便是积在心底的某种情愫，最终冲破了束缚，决堤般奔涌而来……

时光荏苒，转眼已经千年。

海螺沟之旅

田 雨

去年暑假，我跟随母亲去了海螺沟风景区。

海螺沟位于四川省甘孜州境内的贡嘎山东坡，那里的森林冰川公园举世闻名。

我们乘车来到了磨西镇，天色已晚，只好先到酒店休息。磨西镇是群山环拱之中的一块宝地，长征时期毛主席还在这里住过一个晚上呢。

第二天，我们早早地起了床。天气很好，从酒店外面极目远望，在明亮的阳光下，我们看见了闪闪发光的一角雪山。导游对我们说："那就是贡嘎神山。在藏语里，雪叫'贡'，白叫'嘎'，'贡嘎'的意思就是'洁白的雪峰'。"据说贡嘎山的天只有在游人稀少的时候才会放晴，露出真颜，而在游人如织的时候却会云雾缭绕，让人看不见真面目。今天，难道是我们的虔诚打动了这骄傲的山峰？

吃过早饭，我们就乘车向风景区进发。从"一号营地"到"三号营地"，全是由无数个S连成的盘山公路，异常险峻。"一号营地"内还呈现出一片山村的风光，到了"二号营地"，就进入了原始森林。这里古树参天，温泉遍布，雾气缭绕。我想，在夏天里泡温泉也许并不奇怪，若是在冬日里一边泡温泉，一边欣赏漫天飞舞的雪花，那才是件令人惬意的事情！

从"三号营地"到冰川的观景台，由于沿途都是万丈悬崖，我们只能改乘缆车。坐在缆车里，看着脚下深不可测的山谷，我不由头晕目眩。一下缆车，那从高山上铺天盖地而来的巨大冰川就呈现在我们的面前。沿着羊肠小道走下山谷，望着那由绵延不尽的冰块组成的河流，我们目瞪口呆。如果不是亲临，谁会相信在人间七月里还有这样玉凿冰雕的仙境。

拂开脚底表层的泥沙，蓦然发现，我站立的地方不是岩石，而是巨大的冰块！我用手掌贴着冰面，瞬间，一种原始的冰凉沁入了我的心脾。在那静止的河流里，巨大的冰块像山峰，像走兽，像饱经沧桑的老人，默默地向我们诉说着自然的神奇。

抬起头来，在冰川的尽头，海拔七千余米的贡嘎群峰映入了我的眼帘。碧空如洗，艳阳高照，贡嘎山显得那样神秘、圣洁和高大。

忽然，"轰"的一片巨响，把我们吓了一跳。循声望去，只见山上的白雪瀑布般倾泻而下，势不可挡。人们兴奋地叫了起来："雪崩！雪崩！"雪崩过后，看红妆素裹，更增妖娆。此景只应天上有，人间能有几回得啊！也许世上很少有让人一瞥而终生难忘的地方，而贡嘎神山却是一个例外，注定要让我永铭心田。

仰望着贡嘎神山，仰望着这名副其实的"蜀山之王"，我明白了"高山仰止"的真正含义。我想，这便是这次旅行的最大收获。

小桥流水人家

李晓宇

　　我轻柔地打开这把四十七平方公里的折扇，扇面上显出了一幅淡淡的水墨画，画中是风韵柔媚的小桥流水人家，这便是我心仪已久的朱家角。我闲庭信步地走进这画中，想要寻找那"诗情天际落，人立小溪头"的景色。

　　我仿佛是进入了另一个世界，石板老街、黛瓦民宅、深巷幽弄、泱泱碧水、条条古桥，那浓浓的水乡气息把我包围。走在凹凸不平的石板路上，感觉这七百年古镇所散发的香气。沿着九曲回肠的泱泱碧水，我踏上了那古朴但不平凡的廊桥。这是古镇上唯一的木质古桥，用手轻抚它那木质栏杆，新漆的油漆仍然掩盖不住它那古朴的气质，它并不张扬，有着江南水乡中小家碧玉的风采，只是默默地横在这碧水一角，每天看着日出日落、时光流逝，听着风声水声摇桨声。

　　徜徉在朱家角曲曲折折的水巷中，船家悠然自得地摇着桨，在这狭长的碧水中来来回回地穿梭。我踏着如这柔波一般平静的步调，走上了沪上第一桥——放生桥。

　　如果说廊桥是江南水乡的小家碧玉，那么放生桥就是阳刚之气的朗朗硬汉。"帆影逐归鸿锁住玉山云一片，潮声喧走马平溪珠浦浪千重"，放生桥的楹联苍劲有力地刻在桥壁上，寥寥数字就勾画出这座桥磅礴的气势。然而在它伟岸的身躯背后，还透着淡淡的诗情与画意。桥的侧面恰到好处地点缀着几棵大树，在绿叶的掩映下开出火红的小花，绿树红花、蓝天白云、青石古桥的倒影映在泱泱碧水中，衬着这座桥雄伟的气魄，真是别有一番韵味在其中。站在它那坚实而宽厚的脊梁上，抚摸着历经岁月蹉跎依旧棱角分明的桥栏，趴在它的臂弯上远眺，整个古镇尽收眼底。

　　低头看看桥下川流不息的小船，抬头望望蓝天白云，侧耳聆听泱泱碧水的柔波，我觉得连呼吸声都轻些了，心像被柔和的微风抚过，如这平静的微波，泛出稍纵即逝的涟漪。

古镇所散发的香气能够荡涤都市人的灵魂，面对着眼前的种种和谐，都市的喧嚣、心中的烦恼、内心的浮躁全都随着柔波的流淌付诸东流，飘零在轻柔的风中。

信步走在古镇的街巷，耳边飘来古筝的乐声，丝丝琴韵和着缕缕微风，凝重而又古朴，弥漫在水乡的空气里。在一间邻街傍水的老屋内，一位老人正拨弄着琴弦，桌上放着一壶热茶。调素琴、品香茗，多么恬静与悠闲啊！

一路弥漫着江南家常菜的香味，不用品尝就令人垂涎欲滴！糯米粽、扎肉、豆腐干、香糯糖藕……阿婆们坐在自家门口，用娴熟的技艺做着各种平凡但美味的小吃。大饱一下口福吧！那味道像是自己的外婆做的，美味里透着亲切。

随便走进一家小巧精致的店铺，里面都是镇上人用勤劳的双手制作的书画、刺绣、丝巾等。"腹有诗书气自华"，镇上人受了这七百年文化的熏陶，带着书香的气息。想必镇上人的生活一定是恬淡而怡然的吧！

带着满心的愉悦和恬淡，我微笑着合上了这把折扇。

161

仙 桃 美

刘 萱

朋友，你来过仙桃吗？它北依汉水，南临长江，东连武汉，西望荆宜，是云梦古泽中的一块瑰宝，江汉平原上的一颗明珠，曾赢得古今文人墨客的讴歌。如果你愿意，我可以陪你一游。

排湖稻浪

驱车沿318国道驶出仙桃城区五十里左右，你就会穿行在茫茫稻海中。在这里，阳光由于稻海的折射，更显灿烂辉煌，格外摄人心魄。风很清凉，也很顽皮，在稻海上恣情地追逐嬉戏，漾起一轮一轮的金波。间或，垄头有三两个扛着铁锹匆匆行走的身影进入你的视野，那是农民在进行田间作业。没有耕耘，哪来收获！你会感叹那金色的浪尖上，是他们辛勤的汗滴在闪耀，也会联想到丰收的稻场上，他们望着小山似的稻堆，脸上绽开幸福的笑容。

五湖渔场

如果掉转车头，向东行驶百余里，一片烟水迷蒙的湖泊就会展现在你的面前。它叫五湖，水清如镜，波光粼粼，大有洞庭湖"上下天光，一碧万顷"的雄浑之美。如今，五湖是全国闻名的大渔场，每年向各大城市提供的名贵鲜鱼就有千万吨。"谁解乘舟寻范蠡，五湖烟水独忘机。"吟着这诗句，暗想：难道当年的范蠡曾隐居此处？历史的真相已无从考察，然而现实却令人鼓舞，那就是今天渔民们的思想境界远高出古代的范蠡，他们身在偏僻的湖野，却心系国家的繁荣！

东荆芦荡

挥别五湖，再向南走十余里，脚下就会横亘着一条逶迤东去的大河——东荆河。驻足河边，举目眺望，对岸是浩瀚无涯、绵延天际的芦苇荡。芦苇密密匝匝，郁郁葱葱，顶端一律抽放出灰白的花絮，犹如轻云在地平线上拂荡，为东荆河平添无限恬静和飘逸。"风景这边独好！"你会情不自禁地脱口赞美。而人们会告诉你：昔日，这些芦苇在仙桃人手中变成洁白的苇席，挽救了千万个在苦难中挣扎的生命；而今，它们在机器的轰鸣声中化作精美的纸张，为腾飞的仙桃增添了强劲的羽翼。

朋友，仙桃的美景何止这些，只可惜我这支稚拙的笔不能表达万分之一。这一方沃土养育了仙桃人，仙桃人也扮靓了这一方沃土。如果哪天你有豪情来此观光，我一定给你当个很称职的向导。

（指导教师：付敢泽）

第八部分 邂逅千年的圣洁

第九部分

简单就是快乐

　　由于森林有遮阴避风、树林呼吸和蒸腾作用，因此有成片树林的地方就冬暖夏凉，可以避暑疗养。据测定，酷夏沥青路面温度为49℃，混凝土路面为46℃，森林路面为32℃，林荫下绿荫为28℃，真是林深不知暑呀。绿色植物对空气中的灰尘、粉尘有良好的过滤和吸收作用，并能阻挡工作粉尘向空气弥散。据测定，通过林带可使大气粉尘量减少32%～52%，飘尘量减少30%，从而使空气清洁、新鲜。

——赵可《绿化好处多》

绿化好处多

赵 可

为了绿化祖国，美化家园，为了造福人类，造福子孙后代，我国把3月12日定为"植树节"。为植树而定的节日，足以说明绿化的重要性。那么绿化究竟对我们有什么好处呢？

首先，绿化可以为人类提供氧气。我们知道空气是人类生存的重要环境之一，氧气只占空气的20%，人和动物在生活过程中，每天要吸收大量的氧气，放出二氧化碳，那么氧气和二氧化碳分别由谁来提供和吸收呢？这全要归功于绿色植物。绿色植物叶片上有叶绿素，可以在阳光下进行光合作用，吸收二氧化碳，释放氧气。研究表明，植物每生长1吨，可以产生5吨的氧。每公顷树林每天可以吸收1吨二氧化碳，产生0.735吨氧气；每公顷草地每天能吸收0.9吨的二氧化碳，产生0.6吨氧气，足够人类呼吸之用。

其次，绿化可以净化空气。由于森林有遮阴避风、树林呼吸和蒸腾作用，因此有成片树林的地方就冬暖夏凉，可以避暑疗养。据测定，酷夏沥青路面温度为49℃，混凝土路面为46℃，森林路面为32℃，林荫下绿荫为28℃，真是林深不知暑呀。绿色植物对空气中的灰尘、粉尘有良好的过滤和吸收作用，并能阻挡工作粉尘向空气弥散。据测定，通过林带可使大气粉尘量减少32%～52%，飘尘量减少30%，从而使空气清洁、新鲜。

此外，树林在呼吸过程中，产生的大量的特殊空气能治疗一些疾病，对人体健康有良好的作用。据报道，地球上的树林每天可向大气散播1.7亿吨珍稀物质，这种芳香物质具有无可比拟的杀菌能力和兴奋作用，有数据表明，能分泌含有挥发性植物杀菌素的树木（如香樟、松树、榆树、侧柏、柠檬、桂树、丁香、核桃、黄连木、法国梧桐等）有300种之多。这些物质能有效杀死白喉、肺结核、伤寒、痢疾等病原菌。

再次，绿化可以美化环境。我们学过物理就知道，绿色植物对声波有散射作用，当声波通过被风吹摇的树叶时，会明显减弱或消失。据测定，林带可吸收20%～26%的噪声，使其强度降低20分贝～25分贝。所以我们在道路两旁栽种树木可以降低噪声，使其不影响到人们的生活。多种多样的植物形状、花果和翠绿的枝叶，又可以美化环境，为人们学习、工作和生活提供理想环境。

　　绿化的好处实在多，愿我们每个人都尽其所能多植树，植好树，营造绿色家园。

（指导教师：苏荔）

雾渡河木桥

杨 帆

　　我的故乡雾渡河是三峡风景区的一条玉带，而雾渡河上的木桥则是这条玉带上的一颗璀璨明珠。

　　清清的雾渡河把美丽的小镇一分为二，而木桥又把这两半古城连成一体。远远望去，木桥如同一条水上长廊，横跨在碧波之上。长廊桥顶上盖着红瓦，把木桥的轮廓从蔚蓝的天空中勾画出来。木桥中间是一个供游客休憩和观赏风景的小亭；亭顶，檐牙高啄，振翅欲飞。整座木桥色彩古朴，造型典雅美观，是古代劳动人民智慧的结晶。

　　整个桥身全是木造的。桥顶的瓦分为两层。中段亭顶突出高耸，八根大柱的上方都刻着浮雕：八只梅花鹿的头藏在树叶里，惟妙惟肖；四尊狮子，有的眼睛盯着河面，有的倾听水声，有的仰天长啸；盘坐在莲花上的菩萨正对着来人，满面微笑。

　　桥有十个桥墩，桥墩朝上游的一方是尖的，朝下游的一方是方的，仿佛是一只逆流的渡船。站在西侧桥墩的上方，恍惚间，"船"将载着你缓缓前移。从桥身向下看，碧水清清，木桥连同桥上的人都清晰地倒映在水里，正所谓：人在桥上走，影在水中游。水浅时，站在河里看桥，另有一番情趣。桥墩是用青条石一层层砌起来的，古朴而苍劲，十墩九孔，桥墩上层层叠着大圆木，中间架着八九根两人才能环抱的巨木。奇妙的是，这些圆木上竟看不到一只铆钉——其实这座百余米长的桥全是用一个一个的木榫连接而成的，就连一枚小铁钉也找不到。更为奇异的是，在桥上走，你听不出脚步声；在桥下听，脚步声清晰而响亮，若是单车骑过，那声音仿佛一串惊雷。

　　故地重游，勾起了我许多美好的回忆。童年时，我背着书包，天天从这儿经过。曾和小伙伴一起迈着大步丈量过桥；曾惊诧于几个人还围不拢的大圆木；曾猜测桥究竟是建于什么年代，又是何人所建；曾张着嘴听那一阵阵由远而近或由近而远的"雷鸣"；曾站在桥上，看那"船"缓缓移动……

早在20世纪90年代，雾渡河木桥就被认定为省级文物，游览雾渡河木桥乐趣无穷。

（指导教师：周远喜）

三　峡

谢　子

　　几十年前，毛泽东主席在畅游长江时写下过响彻云霄的诗词："更立西江石壁，截断巫山云雨，高峡出平湖。神女应无恙，当惊世界殊。"这么多年过去了，梦想变成了现实，三峡枢纽工程建成，一座大坝在滚滚长江上"筑"起了中华民族新的长城。

　　初识三峡，应从宜昌、巫山开始。长江之雄险，莫过于三峡。三峡有李白"轻舟已过万重山"的潇洒，更有"蜀道难，难于上青天"的感叹，这一切的耳闻，实在抵不上亲身体验。当你站在葛洲坝上，上游是青山夹岸，滔滔江水从远处蜿蜒曲折流淌下来；下游却是一马平川，江面开阔，水天一色。在一片雾气中，长江融入天尽头。乘上开往巫峡的快艇，在西陵峡里逆流飞驰，任由猛烈的江风迎面而来。远处，三峡大坝隐隐浮现。一座铜灰色的高墙由远及近，愈来愈高大，逐渐在眼前清晰起来。登上三峡大坝最高处——坛子岭，凭栏眺望，只见高峡平湖就在眼前延伸。巍然耸立的三峡大坝如巨龙横江，和两岸的群山手挽着手，将一江波涛紧紧地揽在怀里。如果能观赏到泄洪的壮观景象，实为一件幸事。巨大的水流从闸口喷射而出，宽约四百米的泄洪闸口里翻江倒海，波涌浪突，水雾弥漫飘卷，遮天蔽日，景象真是令人叹为观止。

　　继续深入三峡腹地，经过了香溪，经过了巴东县城，这时你会感受到与下游全然不同的古朴美。船平静地行驶在瞿塘峡里，长江在这一段显得尤其狭窄，主航道并不是笔直的，船忽左忽右地航行着，有时候离岸边非常近，似乎伸手就可以触摸到突兀的怪石。到了夔门，两岸的悬崖直直地插在水里，江面更窄，水流更加湍急。在交通发达的今天，你仍然会真实地感受到蜀道的艰难。

　　山奇，水急，滩险，三峡的美丽展示了大自然造化的神奇。登雄奇险秀之山，游幽奥旷灵之水，你若有闲暇，不妨让自己成为一叶小舟的主人，观山戏水，来一趟梦幻的三峡之旅吧！

第九部分　简单就是快乐

京剧的唱腔

练海昊

京剧由唱腔、打击乐、曲牌三部分组成。而京剧的唱腔以板腔体的西皮和二黄为主。

西皮是一种比较明快、活泼的曲调，长于抒情、叙事、说理、状物。板式有原板、慢板、快三眼、导板、回龙、散板、摇板、二六、流水、快板十种。另外，还有一种反西皮，是京剧传统唱腔中出现较晚的唱腔，板式仅有二六、散板和摇板。

二黄是一种较舒缓、深沉的曲调，适合表现忧郁、哀伤的情绪，多用于悲剧的剧情中。板式有传统的原板、慢板、导板、回龙、散板，以及20世纪70年代以来增加的二六、流水、快板等。另有四平调，也叫"二黄平板"，由吹腔演变而来。板式只有原板、慢板两种，但曲调灵活，能适应不同句式，表现多种感情。不论委婉缠绵、轻松明快或沉郁苍凉，都可用吹腔，旋律与四平调相近，伴奏用笛子。原是曲牌体，逐渐演变为板腔体。唱腔中伴有过门。吹腔的板式不多，基本上是一板一眼，也有少量的一板三眼及流水板。高拨子，亦称"拨子"，是徽班的主要腔调之一。原用弹拨乐器伴奏，后改用胡琴。板式有导板、回龙、原板、散板、摇板。曲调昂扬激越，适合于表现悲愤的情绪。

二黄降低四度是反二黄。与二黄相比较，反二黄降低了调门，扩展了音区，曲调起伏更大，旋律性更强，更适于表现悲壮、凄怆的情绪。

以上诸腔为各行当角色所通用，仅在发声、音区、唱法上有所不同。另有一些唱腔属于特定角色行当通用。如南梆子从梆子演变而来，仅旦角、小生唱，曲调委婉绮丽，适于表达细腻、柔美的感情，板式只有导板和原板。

第十部分

感动，在不经意间

　　蜘蛛结网捕食不仅是为了生存，也为人类除了害。它那种不屈不挠的性格令人敬佩，它那种执着的精神又给予了我们多少启示，我想告诉大家，我们应该多了解一下身边的事物，不要因为外表的丑陋而误解它们。也许你会发现，原来它们也很可爱。

——邸凤颖《蜘蛛》

一只鸟和我的故事

高 芸

夜色渐浓，月光透过薄云，从窗口流进来。我正在为难题而发呆，突然从后院传来凄凄然的声音。"是什么东西？"我边问自己，边往后院跑。借着月光，篱笆下依稀蜷缩着一只小鸟。我的天，这么晚了，你的妈妈说不定在树梢上正盼你回家呢！难道有什么不测？我把它抱进屋，它果然是受伤了：右腿与腹部之间血迹斑斑，显然是枪伤。唉，可怜的鸟啊，你为何不变成人呢？可怜的人啊，你为何连这么一只鸟儿都要捕杀？

我把鸟放在写字台上，用凉开水轻轻为它洗去血迹，而后敷了药，包扎好，放进一个盒子里，我要让它好好睡上一觉。

我天性喜欢小动物，它能遇上我是它的造化。常言说得好，"大难不死，必有后福"，我要让它享受生活，成为我生活中的一部分。第二天，我到街上挑了一个精致的鸟笼和一些精美鸟食。

每天早晨，我把鸟食和水准备得充足满意后才上学；中午，我都要为它换一次药；晚上，作业之余，逗逗它开心，有时还跟它说说悄悄话，每一次它都会深情地看着我。日子一天天过去了，它和我之间渐渐有了一种信赖、默契和依恋。它的伤不久就好了，在笼子里蹦蹦跳跳，有时还唱唱歌。

一天，我放学回家，还没进门，就听见小鸟在窗口悠扬婉转地唱着。我不由得好笑："你这个鸟儿，真是好了伤疤忘了疼！"当我推开门时，它并没有注意我，依旧朝着窗外卖弄歌喉，欢快中蕴含着悲凉。蓦然间我觉得，它与我的感受也许不同，我或许并没有给它带来快乐。它应该属于大自然，那里有丰富的山果，那里有晶莹的甘霖，那里更有日夜想念它的爸爸和妈妈。"在家百般好，出门一日难"，森林是小鸟的家，它应该回家！我应当尊重它的选择，还它自由，因为我爱它！

于是，我把鸟笼抱到后院，打开笼门。小鸟望望我，慢慢探出头来，在后院转了一圈，然后直插蓝天。突然，我又犹豫了：现在，鸟是走了，该不会明天又带着伤回来吧？

我把鸟笼砸了个稀烂，挂在路边的树上。

（指导教师：李明春）

感动，在不经意间

向　翔

　　都说这个世界人心越来越冷漠，但我经历了一件事，干涸的心灵一直被这极小的感动润泽着。

　　那天，小雨如酥，街上人流如潮。

　　为普商厦门口，站着一排散发广告的人，我细细一数，有六个，婆婆、阿姨、小孩……一手抱着一叠传单，一手机械地伸向路人，我看见了他们眼里求助的神色和路人不屑一顾的表情。

　　这时候，一只手伸到我面前，我犹豫了一下，接住了，接着便有五六只手伸了过来。我手里捏着一叠厚厚的广告单。

　　在酒城，散发广告也泛滥成灾，什么售房、美容、家教、艺术培训……各种宣传资料满天飞，难怪人们讨厌，它们就像贴在电桩、过道、宅门上的"牛皮癣"一样，似乎成了一种城市污染。也难怪人们对散广告毫无兴趣，对发散广告者漠然视之，甚者还要臭骂两句。

　　接过广告单，我看到了散发者眼里有一种感动，好像在感谢我为她办了一件事。

　　我有一个姐姐，她帮一家药店卖药，每月工资只有五六百元。为了多挣钱，她便每天上班前到药品公司领回一摞药品广告单。因领的人多，她一清早就得起床去排队，下班了再到大街上去散发。她说上千张广告单，要发到不同的人手里，有时站得腰酸腿疼，有时还要遭遇行人的白眼和谩骂，一天下来才挣十多元钱。

　　想到这，每走到一群散发广告的人面前，我便笑着主动地将手伸过去。他们也笑了，我看到了一张张久违的笑脸。

　　我继续往前走，突然又一双干瘪苍老的手抓住我，把我拉向一个拐角。我吓了一跳，以为遇到讨钱的了。这是一个老太婆，她背着一个大背篓，做

176

贼似的，示意我把那些广告传单交给她，我才一下明白。老太婆忙不迭地说："小姑娘，你做了好事，上帝会保佑你的。"我感觉得到老太婆是真诚的，出自内心的。我不知道她每天收集的废纸能卖多少钱，也许接过这些废纸她心里已经满足了。

于是，我一边接过广告单，一边送出广告单。我不知道这种行为是否道德，是否得罪了商家，是做坏事还是做好事，但是我确确实实赚来了不少"感动"。这种感动，对散发广告者和收集广告废纸者来说，都是真诚的，而我也是真诚的。

其实，感动很容易。

第十部分 感动，在不经意间

一张纸条

吴波涛

上午第一节语文课，同桌传给我一张纸条。趁老师在黑板上板书，我展开看，上面是一首徐志摩的爱情诗《偶然》：

> 我是天空里的一片云，偶尔投影在你的波心——你不必讶异，
>
> 更无须欢喜——在转瞬间消灭了踪影……

我和同桌都喜欢写诗，都喜欢徐志摩。昨天，同桌告诉我，她买了一本《徐志摩文集》，上面有好多她喜欢的诗。我叫她先抄一首给我一睹为快。同桌答应了，并说看完文集借给我。当天晚上，同桌就抄了这首《偶然》，夹在语文书里，准备第二天早读课给我。谁知，早读课英语老师补上一节的课——上周她出差落下了。于是，同桌就在接下来的语文课上把诗稿交给我，并准备与我切磋。

正当我看得津津有味时，猛一抬头发现语文老师已站在我桌前。他表情复杂地把视线定格到那纸条上，然后，不动声色地把纸从我手里抽走，又回到讲台上讲课了。

本以为没什么大不了，没想到接下来事情相当严重。第三节是自习课，当我们在班上做作业时，语文老师叫我和同桌出来一下。走进教师办公室，我大吃一惊，同桌的妈妈和我的爸爸也在。

"你干的好事！"同桌妈妈一脸怒色对刚进办公室的同桌说。

"兔崽子，不好好念书，成天想什么！"爸爸也一脸怒气，说着就要动手。

此时，我和同桌才恍然大悟！原来是语文老师看到同桌写给我的纸条后，怕我们"出事"（上学期，学校就发生过男女生非常交往，被老师批评

后离家出走的事），就打电话请他们来。

　　无论我和同桌怎么解释，他们都不相信。最后，同桌说："老师，请您相信我，那真的不是我写的诗，而是徐志摩的诗，我只是喜欢这首诗而已。"

　　"真的是徐志摩的诗吗？"老师还是不信。

　　"徐志摩的《偶然》您应该知道呀！"我有点激动，语气明显带有火药味。

　　"对不起，我还真的不知道！"老师也有点生气了。

　　"老师，我想打一个电话可以吗？"同桌不知何时哭了。

　　"可以。"

　　过了两分钟，同桌说："老师，请您接电话。"

　　老师接过电话，电话那头是同桌的爸爸。同桌爸爸告诉老师：昨晚女儿抄这首诗时，他就在身边，女儿还告诉他把这首诗抄下来，给同样也爱诗的同桌欣赏一下。

　　"对不起，老师冤枉你们了！"老师诚恳地对我们说。

　　"不怪老师，老师也是希望你们好嘛。"同桌的妈妈和我爸打着圆场。

179

　　"没关系的，老师，您怕我们早恋才这样做的，我们能理解。"同桌干脆一语道破。

　　"老师向你们道歉，徐志摩的那首诗我还真没读过。"语文老师有些自责，"能不能等你们看完后，把那本诗集也让老师看一下？"

　　"当然可以啦！"同桌兴奋地说。

　　一场误会，终于消除。

（指导教师：汪茂吾）

童年的蚂蚱

李嘉谦

回首，童年往事像小溪般静静地流过，那深深烙在我脑海中的画面，又清晰地浮现在我的眼前。

那天，我像往常一样在后院玩。一只灰褐色的蚂蚱突然从我的眼前跃过，不知怎的，就那么一跃，竟然使我玩性大发。我猛地向前一扑，它就落入我掌间，还没等我得意地笑出声来，它竟又狡猾地从我指缝间逃走了。

一只蚂蚱，一只小小的蚂蚱，竟然敢戏弄我？我伺机一巴掌捂过去，它又成了我的俘虏。我只捏着它的一条腿，它却惊慌失措地不停挣扎。我顺手折了一根长草，从蚂蚱的肚子上穿过去，这时的蚂蚱开始了更疯狂的挣扎。看着这只蚂蚱，我突发奇想：要是一根长草上串上好多蚂蚱，你拥我挤的，那一定很好玩。

于是，我继续蹲在草丛中寻找其他蚂蚱，一转身，我发现串在草上的蚂蚱竟不见了。一只受伤的蚂蚱怎么可能逃出我的手掌心？它一定还在附近！我四处张望，呵，它竟在不远处的一片草叶上养精蓄锐呢。很快，它再一次成了我的俘虏，又被串在草上。

我洋洋自得地继续寻找目标，一回头，我惊呆了：那只蚂蚱居然在摇晃中趁机攀住一棵草，它想借助草的力量使自己脱身！一刹那，我被深深地震撼了，我被这只蚂蚱强烈的求生欲征服了。我，放走了它。

久久地伫立在那儿，望着蚂蚱逃去的方向，我为自己的行为而备感愧疚。也似乎是从那一刻之后，我对那些小动物开始有了怜悯之心，不再伤害它们。

眨眼，我已经是个少年，童年在我的记忆里越来越淡，只留下了那只蚂蚱——倔强而执着的蚂蚱。每当我遇到挫折想放弃时，那只蚂蚱就会浮现在我眼前。

（指导教师：张亚凌）

赶鸡上笼

田小强

写完作业，抬头一看窗外，心中暗叫不好：天都快黑了，还没赶鸡上笼呢。哥哥还在楼上写作业，我不想去打扰他。于是，我准备单枪匹马把鸡赶进笼去。

一出屋，就发现鸡三五成群，有的安静地趴在墙脚，有的调皮地飞到院墙上"咯咯咯"地高叫着，还有几只在菜园里悠闲地啄菜，吃饱了就优雅地踱着方步。看着四处散开的鸡，真不知如何赶鸡上笼。一只一只地捉吗？它们会跑会跳会飞，就我这小身板，大概一只鸡也捉不到。我又想先把它们赶在一块儿，再把它们逼进笼去。但什么工具也没有，扬起手高一声低一声地吆喝，它们一定会惊慌逃窜的。环视四周，角落里有根竹竿，我眼睛一亮，连忙跑了过去，拿起竹竿："哈哈！看我用'如意金箍棒'赶你们上笼！"

我先轻轻地走到菜园，将"金箍棒"高高举起，想先吓唬吓唬这里的几只鸡。结果一棒还没下去，它们就跑向院子里了。我心中窃笑，这"金箍棒"的威力还挺大，哈哈！

看到菜园里的鸡跑了出来，院子里的鸡也不安了，趴着的站起来来回走动着，墙头上的飞下来四处张望着，我乘胜追击，慢慢地把鸡们逼到了靠近鸡笼的角落里。鸡们惶恐不安地你挤我我挤你，可就是不进笼。我急得两眼冒火，下意识地把手里的"金箍棒"一扬，结果彻底搞砸了，已经被赶到笼口的鸡，转眼间又东奔西逃，散开了。我颓丧地把"金箍棒"往下一砸，只击起一片灰尘。我一声长叹，看来还得"三赶鸡崽"！谁知每次还没等我挨近，它们就惊叫着四处逃窜，赶了半天还是没有一只鸡进笼。一只大公鸡——姑且称它为"鸡王"吧，带着群鸡跑，还不停地朝我"咯咯"叫，好像在嘲笑我："你跑没我快，飞没我高，哈哈！"

我气得火冒三丈，早已无章法可言，只顾握着"金箍棒"穷追不舍。

鸡越跑越疯，又飞又叫，好不热闹。追了一阵子，我已是气喘吁吁，汗流浃背，没有一点力气了，只好坐在地上直喘粗气。

就在我灰心丧气的时候，二楼的窗户开了。

"谁闹得鸡飞狗跳的？写作业都不得安宁。"哥哥吼叫着，听起来像是忍无可忍了。

我昂着头说："爸妈出去了，我赶鸡上笼，有错吗？"

"有你这样赶鸡的吗？想想办法啊！"

"想什么办法？"我还挺不服气。

"你去屋里抓把谷来撒在鸡笼口，记得鸡笼里外都撒点。"

哥哥的这招还真灵！鸡争先恐后地跑来了，你争我夺地吃着。一会儿，鸡们就不知不觉地钻进了笼子。站在角落里偷偷盯着它们的我一个箭步冲上去，关上笼门，终于大功告成了！

哥哥冲我一笑，说："赶鸡上笼很简单吧？"

"还……还算简单吧。"我扮了个鬼脸说。

哥哥接着说："做事要动脑筋。"

我会心地点点头。

182

（指导教师：吴孝铭）

蜘　蛛

邱凤颖

　　说起蜘蛛，就有不少人讨厌它。光它那黑不溜秋的外貌就令人恶心，它还到处结网把屋里屋外弄得脏兮兮的，更让人讨厌。听大人说："蜘蛛网如果掉到人的眼睛里，会把人眼缠瞎的。"不管是真是假，我开始害怕起来。有一次我去柴棚拿柴，手刚触到木柴，就觉得脸上黏黏的，用手一摸，原来是蜘蛛网，我吓坏了，心想，幸亏蜘蛛网没有掉进眼里，否则后果不堪设想，从此，我对蜘蛛多了些恐惧。

　　可是有几件事，改变了蜘蛛在我心里的坏印象。

　　那是一个炎热的夏夜，我正在津津有味地看电视，突然觉得腿上被刺了一下，低头一看，一只大花蚊子！我狠狠地挥手拍了过去，谁知这只可恨的小东西从我的手指缝溜了，我的腿却被打得生疼，我心里气极了，想要继续打这只可恨的蚊子，谁知它径直往墙角的蜘蛛网上撞去，让我大吃一惊的是，蜘蛛敏捷地爬过去，只轻轻一吸，蚊子就丧命了，这时我才消气。

　　自此以后，我对蜘蛛的看法有了很大的改变，原来蜘蛛结网是为了捕捉害虫，它是人类消灭害虫的好帮手，我们理应保护它，至于到处飘散的蛛网，我也不觉得像以前那么脏了。

　　还有一次，我正在写作业，忽然被一道题难住了，我抓耳挠腮、左思右想就是做不出来。正当我要放弃的时候，无意中向窗外瞭了一眼，发现窗外有一张被风吹得左右摇摆的蜘蛛网，一只蜘蛛正费力地修补着网上的破洞，风加大了它修补的难度，刚抽出一根丝就被风吹散了，可是小蜘蛛好像不知疲倦，一次又一次修补着，我呆望着这只面对挫折和失败毫不气馁的小生灵，内心被深深震撼了。于是我赶快低下头，打开书，反复思考，最终攻克了那道难题。

从此以后，我对蜘蛛的印象彻底改变了。蜘蛛结网捕食不仅是为了生存，也为人类除了害。它那种不屈不挠的性格令人敬佩，它那种执着的精神又给予了我们多少启示，我想告诉大家，我们应该多了解一下身边的事物，不要因为外表的丑陋而误解它们。也许你会发现，原来它们也很可爱。